mentor Lektüre Durchblick

Irrungen, Wirrungen

Theodor Fontane

Inhalt · Hintergrund · Interpretation

Martin Neubauer

Mit Info-Klappe!

mentor
Eine Klasse besser.

Willkommen bei »mentor Lektüre Durchblick«!

Sie lesen gerade »**Irrungen, Wirrungen**« im Deutschunterricht? Dann finden Sie hier in knapper und verständlicher Form – oft auf besonders übersichtlichen Doppelseiten – genau die Informationen, die Sie jetzt brauchen.
Sie werden sehen: Wenn Sie sich mit diesem Hintergrund »Irrungen, Wirrungen« nochmals vornehmen, steht dem vollen Durchblick nichts im Wege. Denn je mehr Sie schon wissen, desto mehr entdecken Sie selbst im Text – und so macht Deutsch-Lektüre erst richtig Spaß!

Viel Erfolg

wünschen Ihnen
Martin Neubauer und der mentor Verlag

Der Autor:
Mag. Dr. Martin Neubauer: Gymnasiallehrer für Deutsch und Geschichte, Lehrbeauftragter am Institut für Germanistik der Universität Wien; Autor mehrerer wissenschaftlicher und didaktischer Aufsätze und Bücher zur deutschen Literatur des 18.–20. Jh.

Alle Zitate nach:
Theodor Fontane: Irrungen, Wirrungen.
Stuttgart 1965, 1994 (= Reclams Universal-Bibliothek Nr. 8971)

Wegweiser

Inhalt

Die Thematik in Kürze

Sie: ein einfaches Mädchen, Pflegetochter einer alten Waschfrau in Berlin. Er: ein junger, schneidiger Offizier von preußischem Adel. Ihre Liebe: innig, aber hoffnungslos, denn die Verhältnisse wollen es anders. Am Ende finden beide jeweils einen Partner, der auch von seiner Herkunft zu ihnen passt.

Das ist die Geschichte, die Theodor Fontane in seinem Roman »Irrungen, Wirrungen« erzählt. Natürlich ist das auch der Stoff, aus dem triviale Liebesromane gemacht werden. Aber Fontanes Buch geht weit über eine vordergründige Liebeshandlung hinaus:

- Fontane zeichnet **ein detailreiches Bild Preußens** im letzten Drittel des 19. Jahrhunderts – von einer mittlerweile verschwundenen Gesellschaftsordnung, in der die Vorstellungen von Adel und Bürgertum über Moral und Ordnung den Ton angaben.
- Fontanes **Figuren** sind keine Dutzendtypen wie aus den Trivialromanen, sondern individuell gestaltete, psychologisch fein differenzierte Persönlichkeiten.
- Die **Sprache** des Romans verzichtet auf falsche Sentimentalitäten und pathetische Ausbrüche.
- **Gegenstand des Buchs** ist die Liebe zwischen zwei Menschen aus unterschiedlichen Sphären – ein uraltes literarisches Motiv. Einer dauerhaften Verbindung zwischen den beiden steht aber das Standesdenken der Gesellschaft entgegen. Fontane wählt als Lösung kein künstlich aufgesetztes Happy End, er lässt seine Liebenden auch nicht tragisch untergehen. Die Frage, ob die Personen richtig gehandelt oder ob sie die Chance auf ihr Lebensglück vertan haben, bleibt letztlich unbeantwortet.

Die Handlung in Kürze

Der Roman spielt in der Mitte der siebziger Jahre des 19. Jh.; Schauplatz ist Berlin. Gezeigt werden zwei Lebenswelten: die der »kleinen Leute«, in der die Büglerin Lene Nimptsch zu Hause ist, und die des Adels, in der sich ihr Liebhaber, der Baron Botho von Rienäcker, bewegt.

Lene und Botho als Liebespaar

Bei einem Bootsausflug hat Lene den jungen Offizier Botho kennengelernt; seitdem sind sie ein Pärchen, wohl wissend, dass ihrer Verbindung keine dauerhafte Zukunft beschieden sein wird. In der Gärtnerei, wo Lene zusammen mit ihrer Pflegemutter wohnt, ist Botho ein gern gesehener Gast.

Der Wendepunkt

Nach einer gemeinsam verbrachten Liebesnacht in einem Ausflugslokal an der Spree werden die beiden von Bothos Kameraden überrascht, die ihrerseits in etwas anrüchiger Damenbegleitung dort aufgekreuzt sind. Dieses Ereignis und ein Brief seiner Mutter lassen Botho seine Beziehung zu Lene überdenken. Er fasst nicht den Mut, als Angehöriger des Adels eine Verbindung mit einem einfachen Mädchen einzugehen, und sagt sich von Lene los.

Lene und Botho in neuen Beziehungen

Beide finden mit neuen Partnern in geordnete Verhältnisse: Botho kann sich durch die Heirat mit seiner oberflächlichen Kusine Käthe von seinen Geldproblemen befreien, Lene heiratet den ernsten Laienprediger Gideon Franke, der für ihr früheres Verhältnis Verständnis zeigt. Sowohl für Lene als auch für Botho war die Zeit miteinander die große Liebe ihres Lebens. Was jetzt noch folgen kann, ist höchstens ein Glück auf reduzierter Flamme: *Ja, Erinnerung ist viel, ist alles* (S. 105).

Die Handlung

Schauplatz ist Berlin. Die Handlung beginnt in einem kleinen Wohnhaus, das zu einer großen Gärtnerei am Schnittpunkt von Kurfürstendamm und Kurfürstenstraße gehört. Hier wohnen Frau Nimptsch und deren Pflegetochter Lene. Der Roman spielt Mitte der siebziger Jahre des 19. Jh.

1. Lene und Botho als Liebespaar

1. Kapitel:
Frau Dörr und Frau Nimptsch unterhalten sich über Lenes Verhältnis zu einem vornehmen Herrn

Die Woche nach Pfingsten. Es ist Abend. Die Nachbarin, Frau Dörr, kommt bei Frau Nimptsch auf ein Schwätzchen vorbei. Bald erfährt der Leser Genaueres über die abwesende Lene: Sie ist gewissenhaft, fleißig, hingebungsvoll – *so'n gutes Kind* (S. 6). Außerdem hat sie einen – vorerst nicht näher genannten – Freund beim Militär, der als »Baron« bezeichnet wird. Die beiden Frauen sehen, wie die beiden Liebenden zurückkommen und sich voneinander verabschieden.

2. Kapitel:
Herr Dörr rettet seine Hühner vor einem fremden Hund

Im Mittelpunkt des ersten Teils dieses Kapitels steht die **Beschreibung** des »Schlosses«: Das ist das Dörr'sche Haus, das sich hinter dem Gartenhaus der Frau Nimptsch befindet. Dort haust Frau Dörr zusammen mit ihrem Gatten und ihrem zwanzigjährigen, geistig zurückgebliebenen Sohn aus erster Ehe. Das Gebäude ist nicht mehr als ein bemaltes Lagerhaus mit einem charakteristischen Türmchen, das als Taubenhaus dient. Der dazugehörige Gemüsegarten macht einen heruntergekommenen Eindruck, nicht zuletzt deshalb, weil er gleichzeitig als Hühnerhof dient.

Der zweite Teil bringt die **Erzählung** eines alltäglichen Vorfalls: Ein Nachbarhund ist in den Dörr'schen Garten eingedrungen und erschreckt die Hühner; Dörr vertreibt ihn, indem er seinen eigenen Hund Sultan auf den Eindringling hetzt.

3. Kapitel:
Lene berichtet über ihre erste Begegnung mit Botho

Frau Dörr, die all diese Vorgänge beobachtet hat, beginnt Spargel zu sortieren. Lene hat das Bügelbrett ans Fenster der Hinterstube gerückt, um sich während der Arbeit besser mit Frau Dörr unterhalten zu können. Beide Frauen werden also in ihrer bescheidenen Arbeitswelt gezeigt.

Frau Dörr ärgert sich über den Geiz ihres Gatten, den sie aber trotzdem liebt. Lene erzählt, wie sie ihren Verehrer kennengelernt hat: Am Ostermontag hat sie mit ihrer Freundin Lina und deren Bruder Rudolf eine Kahnpartie gemacht; dabei ist es zu einem kritischen Ausweichmanöver gekommen. Zwei vornehme Herren haben aber gerade noch helfend eingreifen können. Mit einem der beiden hat Lene ein Stelldichein verabredet; daraus sind im Laufe der Zeit regelmäßige Begegnungen geworden.

Der Name des Verehrers mutet Frau Dörr etwas befremdlich an: Botho – *So kann doch einer eigentlich nich heißen; das is ja gar kein christlicher Name* (S. 18). Der Postbote bringt Lene einen Brief, in dem Botho das geplante Treffen auf den nächsten Tag verschiebt.

4. Kapitel:
Bothos Besuch in der Gärtnerei

Am darauffolgenden Abend. Während Lene unruhig auf Botho wartet, sitzt Frau Nimptsch zusammen mit den Dörrs wortkarg in der Vorstube. Endlich ist Botho da; er kommt von einer feuchtfröhlichen Gesellschaft und zeigt sich sogleich von seiner charmantesten

Seite: Er lobt die Atmosphäre des Nimptsch'schen Hauses über alle Maßen, hat sogar eine Tüte mit Knallbonbons mitgebracht, deren beigepackte Verschen auf alle recht unterhaltsam wirken. Lene gesteht, dass ihr die Konversation Mühe macht; Botho spielt mit ihr sofort eine kleine Gesprächsszene in einem feinen Haus nach – Lene als Gräfin, Frau Dörr als Baronin. Die anwesenden Damen sind entzückt. Wenn Botho jedoch über feine Gesellschaften oder seinen Klub spricht, werden unmerklich die Gegensätze zwischen seiner Welt und der der Gärtnerei deutlich. Man tanzt, man trinkt; dann löst sich die Gesellschaft auf.

5. Kapitel:
Lene und Botho im Dörr'schen Garten

Lene und Botho unternehmen noch einen kleinen abendlichen Spaziergang durch den Garten. Lene ist illusionslos: Sie erkennt Bothos Schwäche, dass er einmal dem Druck seiner Umgebung nachgeben und sie, das Proletariermädchen, verlassen wird. Lene scheint sich mit dieser Tatsache abgefunden zu haben, denn die Schranke zu Bothos Welt ist unüberwindlich.

6. Kapitel:
Botho bekommt Post von seinem Onkel und von Lene

Die Woche darauf. In seiner luxuriösen Parterrewohnung in der Bellevuestraße lebt Botho auf großem Fuß. Der Diener überreicht ihm die Post. Der eine Brief ist von seinem Onkel Kurt Anton Osten, einem märkischen Baron, der seinen Besuch in Berlin ankündigt und sich mit seinem Neffen zu einem Stadtbummel verabreden will. Der andere Brief ist von Lene – ein Brief voller Trennungsängste. Seit dem Abend in der Gärtnerei hat sie nicht mehr mit Botho gesprochen, ihn wohl aber beobachtet – in Gesellschaft einer hübschen Blondine beim Korso. Der Baron ist unangenehm berührt. Schon bereut er, Lene an jenem fatalen Ostermontag überhaupt kennengelernt zu haben. Aber als er zum Dienst in die Kaserne aufbricht, hat sich seine Stimmung schon sichtlich gebessert.

7. Kapitel: Botho trifft seinen Onkel zum Diner

Auf dem Weg zu seinem Onkel begegnet Botho zufällig einem Kameraden, Leutnant von Wedell. Er nimmt ihn mit ins Hiller'sche Weinrestaurant, wo der Onkel bereits auf ihn wartet. Über Hummer und Weißwein beginnt der alte Baron, ein konservativer Landadeliger, in Erinnerungen ans Militär zu schwelgen. Schon bald zieht er aber über den Reichskanzler Bismarck her, dessen politische Linie ihm gehörig gegen den Strich geht. Schließlich greift der Onkel ein Thema auf, das seinem Neffen gar nicht genehm ist – seine Bekanntschaft mit Käthe von Sellenthin. Der alte Baron sähe die Verbindung zwischen ihr und Botho sehr gerne, ja er drängt ihn förmlich dazu – zum einen ist sie sehr hübsch, eine *Flachsblondine zum Küssen* (S. 46); zum andern ist sie wohlhabend, während es um Bothos Finanzen nicht gerade rosig bestellt ist.

8. Kapitel: Botho wird im Klub zum Gesprächsthema

Im Klub, den Botho üblicherweise besucht, unterhalten sich die Herren mit Kartenspiel, Domino und Billard. Wedell bringt den Kameraden die Nachricht, dass Bothos Onkel dessen Ehe mit Käthe wünscht – eine Idee, die von den Anwesenden begrüßt wird, da sie über Bothos finanzielle Situation Bescheid wissen. Zugleich zeigt sich Wedell auch über das Verhältnis Bothos zur Weißzeugnäherin Lene informiert; dass er diese jedoch zur Frau nehmen wird, scheint wenig wahrscheinlich: *Aber die Verhältnisse werden ihn zwingen und er wird sich lösen und frei machen, schlimmstenfalls wie der Fuchs aus dem Eisen* (S. 53).

9. Kapitel: Ein Abendspaziergang nach Wilmersdorf

Botho holt am selben Abend Lene ab, um mit ihr einen Spaziergang nach Wilmersdorf – damals noch Vorort von Berlin – zu unternehmen. Frau Dörr begleitet die beiden und bringt Lene durch einige Bemerkungen in Verlegenheit. Nahe einer Kegelbahn verblüfft Lene ihre Begleiter durch die Fähigkeit, aus dem Geräusch der Kugel auf der Bahn die Zahl der fallenden Kegel zu erraten. Mittlerweile ist es kühl geworden; unter Scherzen, Fangspiel und Singen tritt man den Heimweg an. Trotzdem liegt ein Schatten über den beiden Liebenden.

10. Kapitel: Botho verbringt einen Abend in der Gärtnerei

Botho bleibt noch ein Weilchen in der Wohnung von Frau Nimptsch. Lene zeigt sich interessiert an seinem Umgang: Wer sind die Frauen gewesen, mit denen sie ihn beim Korso gesehen hat? Wer sind seine Freunde, die sich allesamt – also auch Botho – mit Spitznamen anreden? Als Frau Dörr das Zimmer betritt, bekommt das Gespräch eine andere Wendung: Sie habe noch eine überraschende Bestellung ausführen und einen Begräbniskranz flechten müssen – Grund genug für Frau Nimptsch, laut über den Tod nachzudenken: *[...] je länger der Kranz oben hängt, desto länger denkt der Mensch auch an seinen Toten unten* (S. 63). Deswegen würde sie als Blumenschmuck die lang haltbaren Immortellen bevorzugen. Botho verspricht ihr, nach ihrem Tod für einen Kranz zu sorgen.

2. Der Wendepunkt

11. Kapitel: Botho und Lene unternehmen eine Landpartie

Einige Wochen später. Botho und Lene machen mit dem Zug einen Ausflug ins Grüne, diesmal ohne Frau Dörr. Ziel ist »Hankels Ablage«, ein einsam und idyllisch gelegenes Gasthaus südöstlich von Berlin. Am späten Nachmittag unternehmen sie zuerst auf der Wendischen Spree eine Partie mit dem Ruderboot, nicht ohne ihrer ersten Begegnung zu gedenken. Später pflückt Lene Blumen, die sie zu einem Sträußchen binden möchte. Botho schlägt ihr vor, dass sie eines ihrer Haare als Garn verwenden solle, aber Lene ist abergläubisch: *›Haar bindet.‹ Und wenn ich es um den Strauß binde, so bist du mitgebunden* (S. 71). Schließlich gibt sie doch nach – ohne große Worte ist es damit ganz nebenbei zu einer kleinen Verlobungsszene gekommen. Nachdenklich kehren die beiden ins Ausflugslokal zurück: *Jeder aber hing seinem Glück und der Frage nach, wie lange das Glück noch dauern werde* (S. 72).

12. Kapitel: Ein Abend in »Hankels Ablage«

Von einer fiebrigen Ermattung heimgesucht, zieht sich Lene nach der Rückkehr in ihre Kammer zurück. Die besorgte Wirtin missdeutet die Symptome als Anzeichen einer Schwangerschaft. Währenddessen unterhält sich Botho beim Abendessen mit dem Wirt über seine Gaststätte. Botho ist von der paradiesischen Einsamkeit entzückt; doch der Wirt entgegnet, dass es mit der Unschuld des Platzes vorbei sei, wenn im Sommer die Berliner Touristen und im Winter die Dörfler und Soldaten aus der Umgebung einfallen. Lene hat sich mittlerweile etwas erholt und vertreibt sich die Zeit: Sie studiert die Bilder in ihrer Kammer (mit denen sie allerdings nicht viel anfangen kann) und erfreut sich am offenen Fenster des

Blicks in die Natur. Als ihr Geliebter zu ihr ins Zimmer tritt, ist für sie das Glück vollkommen.

13. Kapitel: Das Idyll wird von Bothos Kameraden gestört

Noch ganz selig von der vergangenen Nacht unternimmt Lene mit Botho einen Morgenspaziergang an der Spree. Erst der Anblick einer Magd, die am Ufer Küchengeschirr blank scheuert, unterbricht Lenes Hochstimmung, da sie dadurch in unangenehmer Weise an ihre einfache Herkunft erinnert wird.

Bevor die beiden zu einem Vormittagsausflug aufbrechen können, werden sie von Bothos Kameraden Balafré, Serge und Pitt (absichtlich?) gestört, die das schöne Wetter ebenfalls zu »Hankels Ablage« geführt hat. Begleitet werden sie von drei Frauen, die – so wie ihre Verehrer – Spitznamen tragen, nämlich aus Schillers »Jungfrau von Orléans«: Königin Isabeau, Johanna und Margot. Botho, der sich zusammen mit seiner unstandesgemäßen Liebschaft ertappt sieht, kann die Fassung bewahren. Während sich die Herren zu einem Spielchen zurückziehen, arrangieren die Damen mit dem Wirt das Mittagessen und promenieren im Anschluss daran durch die Natur. Dabei wird bald klar, dass Lene einen ganz anderen Typ von Frau darstellt: Für die drei sind Männerbekanntschaften nämlich alles andere als echte Herzenssachen. Auch dass Lene nicht so adrett gekleidet und überdies recht schweigsam ist, sorgt bei Johanna für milden Spott.

14. Kapitel: Botho am Scheideweg

Der Besuch von Bothos Freunden lässt den gemeinsamen Ausflug in einer Atmosphäre von *Verstimmung, Müdigkeit und Abspannung* (S. 94) zu Ende gehen. In Berlin angekommen, spricht Lene das aus, was ihr offensichtlich schon lange auf der Seele gelegen hat: nämlich dass ihre Sommerliebe bald zu Ende gehen wird. Bothos Antworten darauf klingen recht zaghaft.

Am nächsten Morgen erhält Botho einen Brief von seiner Mutter. Schon vor dem Öffnen ahnt er, dass dieses Schreiben seine Beziehung zu Lene beenden wird. Und genau so ist es: Angesichts seiner prekären finanziellen Lage wird er zur Ehe mit Käthe von Sellenthin förmlich gedrängt. Botho ist bestürzt. Erst während eines Ausritts vermag er sich zu sammeln: Auf der einen Seite hat er eine Verbindung mit Lene nie ernstlich erwogen, auf der anderen Seite ist sie die Frau, die er aufgrund ihrer *Einfachheit, Wahrheit, Natürlichkeit* (S. 100) von Herzen liebt. Zwei Eindrücke am Weg lassen den endgültigen Entschluss in ihm reifen:

- Ein Steinkreuz für den 1856 im Duell gefallenen Berliner Polizeipräsidenten Hinckeldey ruft ihm ins Gedächtnis, dass das Verhalten eines Adeligen einem **Ehrenkodex** unterliegt.
- Er beobachtet Fabrikarbeiter in ihrer Mittagspause – ein proletarisches Idyll mit Männern, Frauen und Kindern. Dadurch wird ihm bewusst, dass **Ordnung** – repräsentiert in der Familie – den Grundpfeiler der Gesellschaft darstellt. Mehr noch: *Ordnung ist Ehe* (S. 102).

15. Kapitel: Botho und Lene nehmen Abschied voneinander

Botho hat sich zu seinem Entschluss durchgerungen. In einem kurzen Brief ersucht er Lene um ein letztes Wiedersehen. Ihn plagt dabei sichtlich das schlechte Gewissen; er kommt vom Gefühl nicht los, Unrecht zu tun, wenn er sich von Lene trennt. Seine Geliebte beruhigt ihn: Sie habe sich mit ihrem Schicksal abgefunden, sie sei glücklich und dankbar für die gemeinsam verbrachte Zeit und für die Erinnerung, die ihr bleiben werde. Schließlich scheidet Botho auch von Frau Nimptsch mit dem Versprechen, sie nie zu vergessen.

3. Lene und Botho in neuen Beziehungen

16. Kapitel: Die ersten Wochen der frisch Vermählten

Mitte September. Käthe und Botho heiraten. Lene erfährt davon durch einen Zeitungsausschnitt, den ihr jemand in einem anonymen Brief zuschickt. Die Hochzeitsreise führt das Brautpaar nach Dresden. Botho, anfangs noch von der Heiterkeit und dem sonnigen Gemüt seiner jungen Frau angetan, erkennt bald ihre Oberflächlichkeit. Alles findet sie bloß »komisch«, und nicht die großen Kunstschätze der Elbestadt sind es, die sie beeindrucken, sondern Absonderlichkeiten und einfache Unterhaltungen.

In Berlin hat Bothos Mutter dem Paar mittlerweile eine geräumige Wohnung eingerichtet, nahe dem Haus, in dem Lene lebt. So ist es nur eine Frage der Zeit, dass sich die beiden begegnen: Botho, in ein scherzhaftes Gespräch mit Käthe vertieft, bemerkt Lene jedoch nicht, die sich abwendet und benommen ihren Heimweg antritt.

Frau Nimptsch und Frau Dörr ahnen, was geschehen ist, und kümmern sich liebevoll um sie.

17. Kapitel: Botho und Lene finden sich in ihre neuen Verhältnisse

Dreieinhalb Jahre später. Der oberflächliche Frohsinn, den Käthe ständig verströmt, lässt vor Bothos geistigem Auge des öfteren das Bild Lenes und deren Natürlichkeit erstehen. Auch Käthes Bekenntnis, auf verflossene Liebesgeschichten viel eifersüchtiger zu sein als auf gegenwärtige, ruft bei Botho Erinnerungen an die alten Zeiten wach.

Mittlerweile ist Lene zusammen mit Frau Nimptsch in eine andere Gegend gezogen. Das neue Heim nimmt ihr die Angst vor einer neuerlichen Begegnung mit Botho. Äußerlich legt nur mehr eine weiße Haarsträhne Zeugnis ab von ihrer Liebesqual. Ein neuer Mieter,

Herr Franke aus Bremen, beginnt sich nach einiger Zeit auffällig für Lene zu interessieren. In einer Berliner Fabrik hat er eine ansehnliche Stellung inne; zuvor ist er als Wanderprediger durch Amerika gereist. Frau Nimptsch und Frau Dörr wittern in ihm eine gute Partie für Lene, befürchten aber, dass Lene ihn verprellen könnte, wenn sie ihn über ihre früheren Verhältnisse aufklären sollte.

18. Kapitel: Eine Gesellschaft bei Rienäckers

Die Ehe zwischen Käthe und Botho ist immer noch kinderlos; außerdem steht es um Käthes Gesundheit nicht zum Besten. Der Arzt rät ihr daher zur Kur im Taunus. Am Tag vor ihrer Abreise gibt sie für Bothos Kameraden noch eine kleine Gesellschaft. Besonders Balafré ist von ihren Plaudereien hingerissen. Pitt und Serge entgeht allerdings nicht, dass Botho die Schwatzhaftigkeit seiner Gattin als eher peinlich empfindet.

19. Kapitel: Der Tod von Frau Nimptsch

In ihrer Wohnung kümmert sich Lene um ihre todkranke Pflegemutter und erzählt ihr, dass sie Herrn Franke ihre früheren Liebschaften gestanden habe. Frau Dörr erscheint; so kann Lene den Doktor holen. Währenddessen gibt Frau Nimptsch der Besucherin letzte Anweisungen zu ihrer Beerdigung. Als ihre Pflegetochter atemlos zurückkehrt, ist sie bereits tot.

20. Kapitel: Botho erhält Besuch von Gideon Franke

Der **erste Teil** des Kapitels liefert Auszüge aus Käthes Urlaubskorrespondenz – amüsante Plaudereien ohne rechten Tiefgang, die Botho zur Bemerkung veranlassen: *Aber sie wird sich ändern, wenn sie Pflichten hat* (S. 140) – das heißt, wenn einmal das ersehnte Kind da ist.

Der **zweite Teil** erzählt von einem unbekannten Besucher bei Botho. Es ist Gideon Franke, der sich als zukünftiger Bräutigam Lenes vorstellt. Trotz seiner spießbürgerlichen Kleidung macht er auf Botho den Eindruck eines redlichen Mannes. Gideon ist gekommen, um mehr über das von Lene angedeutete Verhältnis zu erfahren, das mittlerweile auch schon mehr als drei Jahre zurückliegt. Botho erfüllt ihm diesen Wunsch, berichtet ihm über seine erste Begegnung mit Lene und lobt ihr Wesen in höchsten Tönen. In predigerhaftem Ernst verkündet Gideon, die vergangene Affäre zu akzeptieren; Lenes offenes Geständnis schätze er viel höher ein. Als der Baron seinen Gast bittet, seine Grüße an Frau Nimptsch zu übermitteln, erfährt er, dass diese bereits seit drei Wochen begraben ist.

21. Kapitel: Botho auf dem Weg zum Friedhof

Vom Besuch Gideons und mehr noch von der Todesnachricht verstört, beschließt Botho, sein früheres Versprechen einzulösen, das er Frau Nimptsch gegeben hat, und einen Immortellenkranz auf ihr Grab zu legen. In einer Droschke macht er sich auf zum Neuen Jakobikirchhof, nicht ohne sich unterwegs in einem Blumenladen den Grabschmuck zu besorgen. Sein Weg führt ihn durch das bunte Treiben der einfachen Leute. Erinnerungen an Lene werden dabei wieder wach, *unendlich süß und unendlich schmerzlich* (S. 154).

22. Kapitel: Botho beseitigt nach seinem Friedhofsbesuch all das, was ihn an Lene erinnert

An der letzten Ruhestätte von Frau Nimptsch legt Botho einen Kranz aus Rosen sowie einen aus Immortellen nieder. Von einem alten Mann erfährt er, dass Lene sich regelmäßig um das Grab kümmert.

Wieder daheim, vernichtet Botho alles, was ihn an sein vergangenes Glück erinnert und in seinem Gemüt für Unruhe sorgt: die Briefe Lenes, die er in einem Geheimfach seines Schreibtischs aufbewahrt hat, sowie die Blumen, die sie ihm einst gepflückt hat.

23. Kapitel: Botho lernt ein Schicksal kennen, das dem seinen verwandt ist

Botho versucht, zur Tagesordnung überzugehen. Mit gemischten Gefühlen sieht er der Rückkunft seiner Gattin entgegen, die ihm allerdings am nächsten Tag brieflich ausrichtet, dass sie vorerst noch auf Kur bleibe.

Beim mittäglichen Ausritt trifft er zwei seiner Kameraden, Kurt von Rexin und dessen Vetter Bogislav. Dieser befindet sich in einer ähnlichen Lage wie einst Botho und ersucht ihn um eine Aussprache. Bogislav ist der schwarzen Henriette zärtlich verbunden, einem einfachen Mädchen, und hat für diese unstandesgemäße Liebe bereits eine Lösung parat: *Ehe ohne Ehe* (S. 166). Botho, der sich an sein eigenes Schicksal erinnert fühlt, sieht in dieser Haltung nur einen Kompromiss und rät seinem Kameraden davon ab.

24. Kapitel: Käthe kehrt von ihrer Kur zurück

Ein Telegramm kündigt Botho die Ankunft seiner Frau an. Am Abend holt er sie vom Anhalter Bahnhof ab. Sie verabschiedet sich von Frau Salinger, einer Reisebekanntschaft aus Wien, über die sie Botho öfter brieflich berichtet hat; dann geht es nach Hause. Käthe hat sich nicht verändert: Sie ist nach wie vor fröhlich, redselig und weiß auch ihre Attraktivität gezielt einzusetzen.

25. Kapitel: Käthe und Botho verbringen einen Tag miteinander

Am nächsten Morgen erzählt Käthe ihrem Mann von ihrem Kuraufenthalt. Besonders angetan war sie von einem Mr. Armstrong, einem charmanten Schotten, dessen Neigung zu abwechslungsreichen Plaudereien sie geteilt hat. Den Nachmittag verbringt das Paar im Charlottenburger Schlosspark, wo Botho seine Gattin mit Anekdoten aus der preußischen Geschichte unterhält.

26. Kapitel: Lene heiratet Gideon

Im **ersten Teil** des Kapitels entdeckt Käthe im Kamin die Asche von Bothos verbrannten Erinnerungen an Lene. Er muss gestehen, dass es sich um Liebesbriefe gehandelt hat. Käthe nimmt das von der heiteren Seite und legt neue Scheite nach, um die Reste vollständig zu vernichten. Einer neuen Geschichte, die sie von ihrem Kuraufenthalt erzählt, hört Botho kaum zu.

Der **zweite Teil** setzt drei Wochen später ein und zeigt die Trauung zwischen Lene und Gideon. Die Umstehenden zerreißen sich das Maul über den fehlenden Jungfernkranz der Braut und über das fortgeschrittene Alter des Bräutigams.

Der **dritte Teil** führt wieder zurück zu den Rienäckers. Es ist der darauffolgende Morgen; das Ehepaar sitzt beim Frühstück, als Käthe die Heiratsannonce von Lene und Gideon entdeckt. Sie amüsiert sich blendend über die Namen der – ihr natürlich vollkommen unbekannten – Brautleute. Botho zeigt sich beherrscht: *»Was hast du nur gegen Gideon, Käthe? Gideon ist besser als Botho.«* (S. 182)

Hintergrund

Vom Überblick zum Durchblick

Dass er einmal als Klassiker gelten würde, hat Fontane nicht einmal geahnt. Auch im Falle von »Irrungen, Wirrungen« war er mehr als skeptisch und schätzte die Chancen des Buches eher gering ein. Fontane meinte, schuld daran seien einerseits die mittelmäßigen Literaturkritiker, andererseits aber auch der Durchschnittsgeschmack des deutschen Lesers, der in der Regel leichtere Kost bevorzuge.

Schon 1872 hatte Fontane geklagt, dass *nichts so rar ist als ein verständnisvoller Leser*.[1] Trotzdem hat »Irrungen, Wirrungen« sein Publikum gefunden: Die künstlerische Qualität wurde trotz einiger Anlaufschwierigkeiten bald erkannt, die Auflagenzahl ging in den folgenden Jahrzehnten in die Höhe.

Dieser Band soll Ihnen helfen, sich in die Galerie *verständnisvoller Leser* einzureihen, die sich Fontane so gewünscht hat. Dazu finden Sie im folgenden Teil »**Hintergrund**« Informationen zu Fragen wie:

- Was für ein Mensch war Fontane?
- Wie hat er seinen Roman »Irrungen, Wirrungen« strukturiert?
- Wie verhält es sich mit der sprachlichen Gestaltung?
- Inwiefern ist Fontanes Buch ein Spiegel des zeitgenössischen politischen, sozialen und kulturellen Klimas?

Von der Textanalyse zur Textproduktion

Im Teil »**Interpretation**« folgt eine knappe **Textanalyse** mit Hinweisen, wie man diesen Roman im Sinne Fontanes bewusster lesen kann. Am Schluss des Bandes finden Sie einige »**Aufgaben mit Lösungstipps**« zu möglichen Klausurthemen.

1 Brief an Julius Rodenberg (15. November 1872). In: Theodor Fontane, Werke, Schriften und Briefe. Hg. v. Walter Keitel und Helmuth Nürnberger. München: Hanser 1962ff. Abt. IV/Bd. 2; S. 417.

Der Autor

Theodor Fontane
* 30. Dezember 1819 in Neuruppin (Brandenburg)
† 20. September 1898 in Berlin

Herkunft

> *Erziehung ist Innensache, Sache des Hauses, und vieles, ja das Beste, kann man nur aus der Hand der Eltern empfangen.*[1]

Beide Elternteile Fontanes stammen von **französischen Vorfahren** ab. In der Familie der Mutter munkelt man sogar etwas über eine weitläufige Verwandtschaft mit Napoleon Bonaparte. Trotz seiner Herkunft hält sich die Beherrschung der französischen Sprache bei Fontane aber stets in Grenzen.

Verschiedene berufliche Existenzen

> *Von meiner Feder leben kann ich weder, noch will ich es; auch glaub ich, es sind nicht die Schlechtesten, die dies ehrliche Geständnis ablegen.*[2]

1836 beginnt Fontane mit seiner **Apothekerlehre**. Zugleich beginnen seine ersten schriftstellerischen Gehversuche: Er schreibt Gedichte und veröffentlicht eine Novelle. 1844 wird er in den Berliner Literatenzirkel »Tunnel über der Spree« aufgenommen. Ab 1849 versucht er, als Journalist ausschließlich vom Schreiben zu leben. Als **Auslands-**

1 Theodor Fontane, Meine Kinderjahre. In: Th. F., Werke (s. oben S. 19); III/4, S. 133–134.
2 Brief an Gustav Schwab (18. Apr. 1850). In: Th. F., Werke (s. oben S. 19); IV/2, S. 117.

korrespondent verbringt er mehrere Jahre in England. Er bestaunt die dynamische Millionenstadt London: Dergleichen Betriebsamkeit hat er nie zuvor gesehen. Jahrzehnte später ist es das schnell heranwachsende Berlin, das er in seinen Romanen beschreiben wird.

Nach seiner Rückkehr aus England und einer Phase beruflicher Unsicherheit tritt er 1860 in die Redaktion der konservativen »**Kreuzzeitung**« ein. Dort arbeitet er knapp über ein Jahrzehnt. Er berichtet von den Kriegen gegen Dänemark (1864) und Österreich (1866). Während des Deutsch-Französischen Kriegs (1870/71) wird er in Domrémy unter Spionageverdacht verhaftet und auf einer Atlantikinsel interniert. Fontane schließt bereits mit seinem Leben ab, kommt aber nach einer persönlichen Intervention Bismarcks frei.

Freier Schriftsteller

» *In Jahren, wo die meisten Schriftsteller die Feder aus der Hand zu legen pflegen, kam ich in die Lage, sie noch einmal recht fest in die Hand nehmen zu müssen, und zwar auf einem Gebiet, auf dem ich mich bis dahin nicht versucht. Missglückt es, so bin ich verloren.*[1]

1876 vermitteln ihm Freunde eine **Beamtenstellung an der Akademie der Künste** in Berlin. Für ihn und seine Frau eröffnet sich damit die Chance auf ein materiell gesichertes Leben. Doch Fontane kommt mit der Arbeit nicht zurecht und wagt den endgültigen Schritt zum freien Schriftsteller. Damit beginnt jene Lebensphase, der Fontane seinen eigentlichen literarischen Ruhm verdankt – als **Autor von Romanen**, deren ersten er mit 59 Jahren veröffentlicht; 16 weitere sollen noch folgen. Seine Werke sind nicht immer unumstritten, doch wird er von der Öffentlichkeit geehrt und respektiert – auch von jungen Autoren, denen er auch im Alter aufgeschlossen gegenübersteht. 1898 stirbt er in seiner Berliner Wohnung.

1 Brief an Ludovica Hesekiel (28. Mai 1878). In: Th. F., Werke (s. oben S. 19); IV/2, S. 572.

Das Gesamtwerk

Theodor Fontanes schriftstellerisches Werk ist sehr umfangreich; eine 1975 abgeschlossene Gesamtausgabe umfasst 24 Bände bzw. Doppelbände.

- Bereits während seiner Zeit als Apothekergehilfe veröffentlichte Fontane **Gedichte**; bis ins hohe Alter blieb er dieser Gattung treu. Seine **Balladen** schätzte er selbst als den langlebigsten Teil seines Gesamtwerks ein; berühmte Beispiele sind: »Archibald Douglas«, »John Maynard« und »Die Brück' am Tay«.

- Seine ersten gelungenen Arbeiten als Erzähler lieferte Fontane als Verfasser von **Reiseberichten** aus England und Schottland. In zwanzigjähriger Arbeit entstanden die »Wanderungen durch die Mark Brandenburg«.

- Fontanes **journalistisches Werk** umfasst u.a. Theaterkritiken und Essays. Mit seinen Berichten über die drei Kriege, die Preußen zwischen 1864 und 1870/71 führte, machte er allerhöchste Kreise auf sich aufmerksam.

- Fontane zählt zu den fleißigsten **Briefschreibern** der deutschen Literatur. Es wird geschätzt, dass er in seinem Leben an die 12000 Stück verfasst hat; nicht alle sind jedoch erhalten – ebenso wie viele Jahrgänge seiner **Tagebücher**.

- »Meine Kinderjahre« (1894) und »Von Zwanzig bis Dreißig« (1898) sind **autobiographische Werke**. In seinen Romanen hat Fontane Selbsterlebtes jedoch weitgehend ausgespart.

Zu seiner eigentlichen künstlerischen Berufung, der des **Romanschriftstellers**, fand Fontane erst recht spät. Seine 17 Romane und Novellen waren es, die ihm einen festen Platz in der Weltliteratur sicherten.

■ **Historische Stoffe:** »Vor dem Sturm« (Fontanes erster veröffentlichter Roman; 1878), »Schach von Wuthenow« (1883). Beide Werke spielen im Preußen der napoleonischen Zeit.

■ **Kriminalgeschichten:** »Grete Minde« (1879/80), »Ellernklipp« (1881), »Unterm Birnbaum« (1885), »Quitt« (1890).

■ **Zeitromane:** Fontane zeigt sich darin als scharfer Beobachter der zeitgenössischen Gesellschaft. Zwei Romane sind es, in denen er Motive und Personalkonstellationen verwendet, die Sie bereits aus »Irrungen, Wirrungen« kennen; Grund genug für einige Literaturwissenschaftler, diese Romane als Dreiheit zu verstehen:

- Die Titelfigur von **»Cécile«** (1886/87) ist eine »Frau mit Vergangenheit«. In ihrer Jugend war sie die Geliebte eines Fürsten; jetzt, als Ehefrau, scheitert sie am Vorurteil der Gesellschaft, die ihr ihr Vorleben nicht vergibt. Cécile tötet sich mit Gift.
- Auch in **»Stine«** (1890) wird – wie in »Irrungen, Wirrungen« – das Thema der Mesalliance, der unstandesgemäßen Verbindung, angeschlagen: hier zwischen einer Näherin und einem kranken Adeligen, der sich schließlich selbst tötet.

Fontanes Schaffenskraft ließ im Alter nicht nach, im Gegenteil:

- 1894/95 erschien sein bis heute populärster Roman, **»Effi Briest«**. Wieder ist es ein Frauenschicksal, wieder ist es die Geschichte einer unglücklichen Partnerschaft, und wieder ist einer der Hauptschauplätze Berlin. Die siebzehnjährige Titelheldin wird mit einem fast Vierzigjährigen verheiratet, mit dem sie kaum zu harmonieren vermag. Einen Rivalen tötet der Gatte im Duell, lange nach Ende der Affäre. Effi wird daraufhin von der Gesellschaft geächtet.
- Sein letzter Roman, **»Der Stechlin«** (1897), thematisiert die Gegensätze zwischen Tradition und einer neu hereinbrechenden Zeit.

Fontanes Arbeitsweise

Fontanes Liebe zum Detail

Thomas Mann, der große Romanschriftsteller, erzählt in seiner Einleitung zu einem 1928 erschienenen Fontane-Band eine Anekdote über den von ihm sehr bewunderten Dichter:

> *Eine Dame, die seine Bekanntschaft in einem Badeort gemacht hatte, erzählte mir, dass er ihr auf die Frage, wie es heute mit seiner Arbeit gegangen sei, geantwortet habe: »Gott, schlecht. Ich habe da in der Laube gesessen, und anderthalb Stunden lang fiel mir nichts ein. Und als es gerade anfing, ein bisschen zu drippeln, da kamen ja die Kinder und machten Lärm; und da war es denn für heute vorbei.« Die Dame äußerte sich in abschätzigem Sinn über diese Art von Dichtertum. Wenn einer schon angeblich Talent habe, meinte sie, und die Schriftstellerei als Beruf betreibe, dann sei ein solches Geständnis doch einfach blamabel.*[1]

Ist es das wirklich? Oder macht es einen großen Schriftsteller nicht einfach menschlicher? Fontane war nicht der Typ, der alles gleich in einem genialischen Zug aufs Papier warf. Die Arbeit zu seinen Romanen zog sich vielmehr zäh über Jahre hin. Schuld daran war seine gewissenhafte, von erzählerischen Details besessene Arbeitsweise:

> *Dreiviertel meiner ganzen literarischen Tätigkeit ist überhaupt korrigieren und feilen gewesen. Und vielleicht ist ¾ noch zu wenig gesagt.*[2]

Fontane liebte den **Zauber des Details**. Er durchwirkte seine Romane mit einem dichten Netzwerk an erzählerischen Feinheiten: Anspielungen in Eigennamen, immer wiederkehrende Motive, unauf-

1 Thomas Mann, »Einleitung« zu Fontanes Werken. In: Th. M., Essays. 3 Bde. Bd. 1: Literatur. Hrsg. v. Michael Mann. Frankfurt/M.: Fischer 1977; S. 88.

2 Brief an Wilhelm Hertz (11. Dez. 1885). In: Th. F., Werke (s. oben S. 19); IV/3, S. 440.

fällig eingestreute Symbole und dergleichen. Im Interpretationsteil werden Sie dafür einige Beispiele kennenlernen: Denn nur demjenigen, der auch auf Nebensächlichkeiten achtet, erschließt sich Fontanes Romanwelt wirklich.

Fontane bemühte sich auch immer um höchstmögliche Authentizität – er wollte, dass das Erzählte auch glaubwürdig schien. So besuchte er im Frühjahr 1884 die Berliner Schauplätze von »Irrungen, Wirrungen«. Den ersten Entwurf beendete er im Mai 1884 sogar an einem Ort des Romangeschehens, nämlich in »Hankels Ablage«.

Fünf Jahre für einen Roman

Dann geschah mit dem Roman etwas, was für Fontanes Arbeitsweise typisch war: Er blieb liegen. Erst 1886, nach zwei Jahren Pause, begann Fontane mit einer Überarbeitung von »Irrungen, Wirrungen«, im Frühjahr 1887 erhielt das Buch dann noch seinen letzten Schliff. Die folgende Grafik zeigt, mit welchen Werken Fontane sich während seiner Arbeit an »Irrungen, Wirrungen« sonst noch beschäftigte:

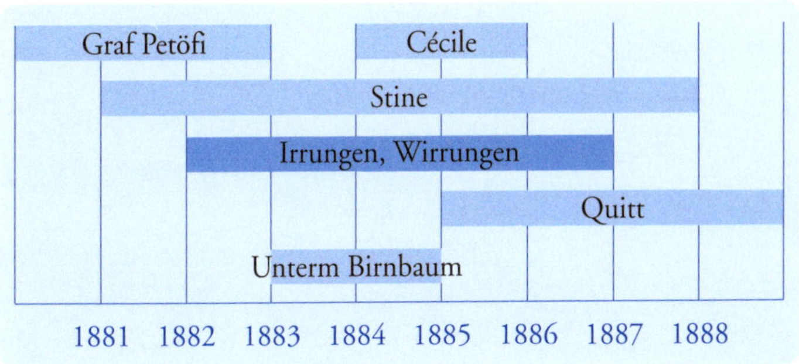

Fontane hat allerdings nicht an allen angegebenen Büchern pausenlos parallel geschrieben. Genauso, wie die Arbeit an »Irrungen, Wirrungen« unterbrochen wurde, blieben auch unvollendete Entwürfe und ausgearbeitete Kapitel anderer Werke für Jahre unberührt.

Hintergrund

Der Aufbau des Textes

1. Teil			
Lene und Botho als Liebespaar			Wen
Kernfrage: Hat diese Beziehung Chancen auf Dauer?			
1–5 Die Welt Lenes	**6–8** Die Welt Bothos	**9–10** Gemeinsam in der Natur (I): Abendspaziergang und Beisammensein in der Gärtnerei	**11–13** Gemeinsam i der Natur (II) »Hankels Ablage«
Störfaktoren			
Vorahnung Lenes, dass die Liebe nicht von langer Dauer sein wird **(5)**	Lene hat Botho zusammen mit einer hübschen Blondine beobachtet **(6)** Onkel spricht offen von Verbindung Bothos mit Käthe **(7)**	Vorahnungen überschatten gemeinsames Glück	Überraschende Besuch von Bothos Kameraden un ihrer weibliche Begleitung **(13** **Folge** Moment höchster Intimität leitet endgültige Trennung ein

Hintergrund

	2. Teil	
…unkt	**Lene und Botho in neuen Bindungen**	
	Kernfrage: Wie können sich die beiden voneinander lösen?	
14–15 Bothos Entscheidung	**16–17** Loslösung Lenes von Botho	**18–24** Loslösung Bothos von Lene
	Phasen der Loslösung Lenes	**Phasen der Loslösung Bothos**
Brief von Bothos Mutter **(14)**	Schwächeanfall nach Begegnung mit Botho **(16)** Übersiedlung Lenes und Begegnung mit Gideon Franke **(17)**	Gespräch mit Gideon **(20)** Botho verbrennt Lenes Briefe **(22)** Bothos Gespräch mit Rexin; Projektion des eigenen Schicksals auf fremde Verhältnisse **(23)** Botho liest von Lenes Hochzeit **(26)**

Hintergrund

Die sprachliche Form

Lene

- zeigt kritische Distanz zu sprachlichen Klischees, umgeht Floskeln und Redensarten.

Botho

- neigt zur Verwendung von **Redensarten und Phrasen**;
- gebraucht in seinen Selbstgesprächen häufig **kurze Sinneinheiten und Sätze**;

- ist als Mann von Welt des Französischen kundig. Seine Gesprächspartner verwenden – der damals herrschenden Mode folgend – ebenso **französische Fremdwörter**. Vergleichen Sie dazu auch die parodistische Szene im »Tanzmeister-Französisch« (S. 26).

Käthe

- wird als Plauderin vorgestellt, die *die Kunst des gefälligen Nichtssagens mit einer wahren Meisterschaft übte* (S. 127). Zu ihren Lieblingswörtern zählen *komisch* und *reizend*.

Die niederen Stände

- werden vertreten durch Frau Nimptsch, die Familie Dörr, den Wirt von »Hankels Ablage« und die Offiziersliebchen. Auch in dieser Gesellschaftsschicht pflegt man die phrasenhafte Rede, hauptsächlich in Gestalt von **Volksweisheiten und Sprichwörtern**.
- Viele Dialogpartien stehen im **Berliner Dialekt**; Fontane verwendet dabei eine gemäßigte lautliche Färbung und eine Reihe von lokalen Ausdrücken.

Es heißt immer, die Liebe mache blind, aber sie macht auch hell und fernsichtig. (S. 33)

So jung kommen wir nicht wieder zusammen. (S. 60)

Dacht ich's doch … Ich weiß schon, eh' ich gelesen. Arme Lene. (S. 96); *Ob ich nun frei bin? … Will ich's denn? Ich will es n i c h t. Alles Asche. Und d o c h gebunden.* (S. 159)

In den Konversationen mit Botho werden z. B. genannt: *Garçonschaft* (= Junggesellenschaft; S. 47), *Nonchalance* (= Unbekümmertheit; S. 173), *Suffisance* (= Dünkel; S. 179).

Hintergrund

Kötzschenbroda? Zu komisch. (S. 110); *Nichts komischer als diese Männer.* (S. 111); weitere Belege z.B. auf S. 177, S. 178, S. 181, S. 182. Beispiele für die Verwendung des Wortes *reizend* auf S. 140 und S. 173.

Aber der Mensch denkt un Gott lenkt, un heute rot un morgen tot. (S. 63); *[…] ›Von nichts kommt nichts‹, sagt das Sprichwort und hat auch ganz recht […].* (S. 77).

Zahlreiche Belege dafür gibt es etwa in den Kapiteln 1 bis 4, 13, 16 oder 26. Einige Beispiele für berlinerische Ausdrücke: *Husche* (= Wolkenbruch; S. 12), *Knallerballer* (= schlechter Tabak; S. 20), *geweimert* (= gejammert; S. 119).

Die Entstehungszeit

Deutschland im ausgehenden 19. Jahrhundert

Zwischen 1864 und 1871 führte Preußen drei siegreiche Kriege; deren letzter war gegen Frankreich gerichtet. Weltpolitisch wichtigstes Ergebnis dieser Auseinandersetzung war die **Ausrufung des Deutschen Kaiserreichs** im Spiegelsaal von Versailles. Damit veränderte sich die politische Landschaft Europas gründlich. Aus einer großen Zahl von früher souveränen Einzelstaaten war eine Großmacht entstanden, die auf dem Kontinent eine bestimmende Rolle übernahm. Treibende Kraft hinter der Reichsgründung war Preußen: Deutscher Kaiser wurde Wilhelm I., der preußische König.

Die Rückzahlung der Kriegsanleihen und die französischen Kriegsentschädigungen lösten einen **Wirtschaftsboom** sondergleichen aus: Zwischen 1871 und 1873, dem Jahr des großen Börsenkrachs, nahm die Industrialisierung einen rasanten Aufschwung, blühten Investitionen und Spekulationen, schossen Banken und Aktiengesellschaften wie Pilze aus dem Boden. Man nennt diese Jahre der Hochkonjunktur auch die »**Gründerzeit**«.

Allerdings wurde dabei die **Kluft zwischen Arm und Reich** immer größer. Während das Großkapital seinen Reichtum zur Schau stellte, seine neuen Villen und Stadtpaläste mit prunkvollem Mobiliar einrichtete, fristeten die Arbeiter in den trostlosen Massenquartieren der schnell wachsenden Industriestädte ein jämmerliches Dasein.

Der »Eiserne Kanzler«

Jener Politiker, der das letzte Drittel der europäischen Geschichte so entscheidend prägte, war ein Altersgenosse Fontanes: **Otto von Bismarck** (1815–1898), ab 1862 preußischer Ministerpräsident, später Kanzler des neu gegründeten Kaiserreichs. Innenpolitisch scheute er vor Konflikten nicht zurück, vor allem mit der katholischen Kirche

(»Kulturkampf«) und mit den Sozialisten. Ergebnis dieser Auseinandersetzungen waren Umgestaltungen im Sozialbereich: Mit der staatlichen Organisation des Unterrichtswesens war er bestrebt, der Kirche die Schulaufsicht zu entziehen. Gegen die Kräfte von links versuchte er einerseits mit den sogenannten »Sozialistengesetzen« vorzugehen, andererseits wollte er mit einer bahnbrechenden staatlichen Sozialpolitik der Arbeiterbewegung die revolutionäre Spitze nehmen.

Deutschland und die Welt

Nach außen hin versuchte Bismarck zu zeigen, dass Deutschland nach dem Sieg gegen Frankreich politisch zufriedengestellt war. Seine Schachzüge liefen darauf hinaus, die Position des Kaiserreichs durch Bündnisse abzusichern und zu stabilisieren. Dadurch wurde die außenpolitische Linie bis hin zum Ausbruch des Ersten Weltkriegs (1914) festgelegt: einerseits durch den dauernden Gegensatz zu Frankreich, andererseits durch die dauernde Bindung an Österreich-Ungarn.

Bismarck war Europa-Politiker; die **Kolonien** in Übersee interessierten ihn recht wenig. Tatsächlich waren die Gebiete, die sich das Deutsche Reich hauptsächlich in Afrika und im pazifischen Raum sichern konnte, wirtschaftlich wenig bedeutend. Bismarck sah in ihnen bestenfalls machtpolitische Tauschobjekte, damit er für sein Taktieren in Europa bessere Karten gewinnen konnte.

Die Geschichtsforscher haben inzwischen eine sehr distanzierte, kritische Sicht auf die äußerlich so glanzvolle Amtszeit des »Eisernen Kanzlers« gewonnen. Auch Fontane war in seinen Urteilen über ihn sehr differenziert. In seinen Romanen tauchen sowohl Bismarck-Verehrer als auch Bismarck-Hasser auf. Zu letzteren zählt in »Irrungen, Wirrungen« Bothos Onkel, der die Umbruchszeit, in der er lebt, nicht versteht und die Stellung und Vorrechte des Adels durch Bismarck gefährdet sieht. Er verdammt ihn als Bürokratenseele, als *Federfuchser* (S. 43), der sich mit den wahren Größen der preußischen Geschichte nicht messen könne.

Hintergrund

Fontanes Berlin

Die Hauptstadt des Deutschen Reiches

Als Fontane zwischen 1882 und 1887 an »Irrungen, Wirrungen« arbeitete, schilderte er ein Berlin, wie es **Mitte der siebziger Jahre** ausgesehen hatte. Berlin war damals allerdings eine Stadt, die binnen kurzer Zeit ihr Gesicht rasant und tief greifend veränderte. Manches, was die Leser des Vorabdrucks in der »Vossischen Zeitung« 1887 lesen konnten, war zu diesem Zeitpunkt bereits Geschichte. Denn mittlerweile hatte der Triumph der Technik in Berlin Einzug gehalten:

- 1881 war erstmals im Deutschen Reich in Berlin ein **Ortstelefonnetz** eingerichtet worden: Das Zeitalter der Telekommunikation hatte begonnen – vorerst allerdings nur für 48 Teilnehmer. Im selben Jahr nahm auch **die elektrische Straßenbahn** ihren Betrieb auf.
- 1882 wurde nach zehn Jahren Bauzeit die **Stadtbahn** eröffnet.
- Auch die **elektrische Straßenbeleuchtung** nahm in diesen Jahren in Berlin ihren Anfang. 1884 wurde das erste Elektrizitätswerk in Deutschland gegründet, 1885 kamen auch Privatpersonen in den Genuss der Stromversorgung.

Das **Bevölkerungswachstum** zeigte in Berlin eine erstaunliche Dynamik. Um 1800 war die Stadt mit etwa 200 000 Einwohnern die neuntgrößte in Europa. 1910 lag sie nach London und Paris bereits an dritter Stelle. Beeindruckend war das Tempo, in dem Berlin zur Metropole heranwuchs: Zwischen 1870 und 1900 vergrößerte sich die Einwohnerzahl um mehr als das Doppelte auf 1 900 000.

Für die Einwohner war es nicht einfach, mit diesen Prozessen Schritt zu halten. Fontane meinte, dass trotz dieser explosiven Entwicklung in Richtung Weltstadt der Berliner im Wesentlichen ein Kleinstädter geblieben sei. Gerade dieser Kontrast zwischen Metropole und provinzieller Lebensart ist auch eines der Themen seiner Bücher.

Fontane – der Dichter Berlins

Fontane kannte Berlin seit seiner Schulzeit. Und er kannte es sehr gut – im Laufe seines Lebens wohnte er an insgesamt etwa zwanzig verschiedenen Adressen. Keine seiner Berliner Wohnstätten ist heute mehr erhalten. Heute erinnern an ihn unter anderem sieben Straßen der Stadt, die seinen Namen tragen.

11 von Fontanes 17 Romanen sind ganz oder zum Teil in Berlin angesiedelt. Der Schriftsteller Erich Kästner meinte später, Fontane habe die Stadt zum zweiten Mal erschaffen. So wie die Romanciers Charles Dickens und Honoré de Balzac gültige Porträts von London und Paris gezeichnet hätten, so sei Fontane der Dichter Berlins. »Irrungen, Wirrungen« zeigt ein **topografisch genaues Abbild der Stadt**. Die Straßen, die Lokale, die Ausflugsziele – alles ist genau auf der Landkarte überprüfbar. Freilich gestand Fontane ein, in einigen Details nicht exakt gearbeitet zu haben.

» *[. . .] mit gleichem Rechte würde ein Ortskundiger sagen (und ist gesagt): »Wenn man vom Anhaltischen Bahnhof nach dem Zoologischen fährt, kommt man bei der und der Tabagie nicht vorbei.« Es ist mir selber fraglich, ob man von einem Balkon der Landgrafenstraße aus den Wilmersdorfer Turm oder die Charlottenburger Kuppel sehen kann oder nicht. Der Zirkus Renz, so sagte mir meine Frau, ist um die Sommerzeit immer geschlossen.*[1]

Allerdings glaubte Fontane nicht, dass die Glaubhaftigkeit des Geschilderten durch diese kleinen Ungenauigkeiten ernsthaft Schaden nehmen würde.

In Berlin hat sich seit der Entstehung des Romans viel getan, manche Gegenden sind heute überhaupt nicht wiederzuerkennen. Denken Sie etwa an die Dörr'sche Gärtnerei, wie sie im ersten Kapitel

1 Brief an Emil Schiff (15. Febr. 1888). In: Th. F., Werke (s. oben S. 19); IV/3, S. 586.

beschrieben wird: ein idyllischer Fleck voll atmosphärischer Zurückgezogenheit am Schnittpunkt zwischen Kurfürstenstraße und Kurfürstendamm. Heute ist diese Gegend einer der wichtigsten und belebtesten Verkehrsknotenpunkte der Stadt.

Die Topografie Berlins hat Fontane sinnträchtig in seine Erzählung eingebaut. Mit Lene unternimmt Botho etwa Ausflüge nach Wilmersdorf oder an die Oberspree – in dörflich-ländliche Gegenden also, die Natürlichkeit ausstrahlen so wie seine junge Geliebte. Mit Käthe, einem Mädchen von Adel, wählt er sich ein standesgemäßeres Ausflugsziel, nämlich den Charlottenburger Schlosspark.

Berlin als Industriezentrum

Fontane verschloss seine Augen nicht vor den **Schattenseiten der Metropole**. Berlin war ein wichtiger Industriestandort; jeder zweite Berliner war in diesem Wirtschaftssektor beschäftigt. Schon damals war die Luftverschmutzung spürbar: *[...] Ihr schönes Berlin hat alles, aber keine Luft* (S. 41), klagt Onkel Kurt Anton in »Irrungen, Wirrungen«. An anderer Stelle sagt er: *Es ist ein stickiges Nest* (S. 36).

Als *erster gelungener Versuch einer epischen Nutzung der Kontraste der modernen Großstadt*[1] in der deutschen Literatur wurde Bothos Kutschfahrt zum Friedhof gerühmt (S. 152ff.). Fontane steht damit am Beginn einer Entwicklung, die der Faszination der modernen Metropole innerhalb der deutschen Literatur eine immer größere Rolle zugesteht. In den Dichtungen der Naturalisten und Expressionisten taucht die Großstadt später als seelenloses, technisiertes Ungetüm auf. 1929 erschien der wohl berühmteste Berlin-Roman: »Berlin Alexanderplatz« von Alfred Döblin. Während bei Fontane allerdings die zahllosen Eindrücke durch die subjektive Wahrnehmung einer Person geordnet sind, präsentierte Döblin den Großstadtwirrwarr in Form einer scheinbar regellosen Montage.

1 Hans-Heinrich Reuter, Theodor Fontane. 2 Bde. Berlin: Nymphenburger 1968; I/S. 495.

Der Text in seiner Zeit

Formen und Eigenarten des Romans

1886 bemerkte Fontane in einer Buchbesprechung:

> »*Aufgabe des modernen Romans scheint mir die zu sein, ein Leben, eine Gesellschaft, einen Kreis von Menschen zu schildern, der ein unverzerrtes Wiederspiel d e s Lebens ist, das wir führen. Das wird der beste Roman sein, dessen Gestalten sich in die Gestalten des wirklichen Lebens einreihen [...].*[1]

Fontane ist in »Irrungen, Wirrungen« diesem Prinzip gefolgt. Er schildert darin keine unerhörten Begebenheiten, sondern eine Geschichte, die sich auch tatsächlich ereignet haben könnte.[2] Das Leben, so schreibt er einmal an anderer Stelle, *ist kein Tummelplatz großer Gefühle, sondern eine Alltagswohnstube*,[3] in der das Glück allein von banalen Dingen abhänge.

Das »**Wie« des Erzählens** wird über das »Was« des Erzählten gestellt – es ist die Art der Darstellung, die Vorrang hat. Durchschnittliches soll überdurchschnittlich erzählt werden – für einen Epiker zweifellos eine Herausforderung, für das Massenpublikum allerdings nicht immer das, was es von Büchern erhoffte. Nicht ohne Grund klagte Fontane darüber, dass seine Werke zwar sehr gelobt würden, jedoch nur wenige Käufer fänden. Geschichten, die Sensationelles auf eingängige und unterhaltsame Weise verarbeiteten, waren da deutlich gefragter:

1 Theodor Fontane, Rezension zu Paul Lindaus »Der Zug nach Westen« [Fassung aus dem Nachlass]. In: Th. F., Werke (s. oben S. 19); III/1, S. 568.

2 Tatsächlich berichtet Fontane darüber, dass ihn eines Tages eine sechsundvierzigjährige Frau besucht und ihm unter Tränen gestanden habe, dass die Geschichte von »Irrungen, Wirrungen« aufs Haar ihrem eigenen Schicksal gleiche: Ob sie verrückt oder unglücklich oder eine Schwindlerin war, ist mir nicht klargeworden. Brief an Paul Schlenther (20. Juli 1887). In: Th. F., Werke (s. oben S. 19); IV/3, S. 566.

3 Brief an Martha Fontane (30. Aug. 1895). In: Th. F., Werke (s. oben S. 19); IV/4, S. 475.

- Der sentimentale **Liebesroman**, der zwar – wie auch Fontanes »Irrungen, Wirrungen« – in einer von Standesdünkeln geprägten Gesellschaft spielt, in dem die Intoleranz allerdings durch wahre, reine Liebe und durch schicksalhafte Fügungen (die arme Heldin entpuppt sich z. B. als verschollene Adelige) überwunden wird.
- Der **Abenteuerroman** eines Karl May, dessen Reiseerzählungen aus dem Orient und aus Amerika das Publikum in fantastische Traumwelten entführten.

Wirklichkeit im Roman

In den Literaturgeschichten taucht Fontane als einer der letzten großen Vertreter des **Realismus** auf. Seine genauen Milieuschilderungen, sein Einfühlungsvermögen in die Psyche der handelnden Personen, die ungekünstelte Sprache – all das ist für diese Richtung kennzeichnend.

»Irrungen, Wirrungen« entstand zu einer Zeit, in der eine Reihe von Autoren, vornehmlich aus der jüngeren Generation, nach einer neuartigen Darstellungsweise der Wirklichkeit suchten. Sie wollten die Welt nicht unter dem Licht poetischer Verklärung schildern, wie es die Realisten (etwa Theodor Storm, Friedrich Hebbel, Gottfried Keller oder auch Fontane) getan hatten. Ihnen ging es um eine möglichst naturgetreue Abbildung der realen Verhältnisse – um die Darstellung des Menschen in seinen biologischen, historischen und gesellschaftlichen Abhängigkeiten, um soziale Konflikte und Ungerechtigkeiten, um die Thematisierung von Großstadt und Technik samt ihren Schattenseiten. Als **Naturalismus** ist diese Strömung in die Literaturgeschichte eingegangen; wichtige Vertreter in Deutschland waren Arno Holz, Johannes Schlaf, Hermann Sudermann und vor allem Gerhart Hauptmann.

Es ist recht interessant zu sehen, wie »Irrungen, Wirrungen« an diesem neuen Zugang zur Wirklichkeit gemessen wurde. Der Kritiker

Conrad Alberti etwa rückte den siebzigjährigen Fontane in die Nähe der jungen Naturalisten, wenn er schreibt:

> »*Wie erbärmlich ist das alles, wie jämmerlich! Was für Dreckseelen diese ganze Misere, der nichts großes begegnet! aber wie menschlich ist es! wie wahr! Von welch packender Richtigkeit jedes Wort, jedes Gespräch, jede Schilderung! Welche Fülle von Beobachtung, von Kunst, von Feinheit ist auf jeden einzelnen Pinselstrich verwendet! Sprache und Auftreten dieser Leute – von welch täuschender Echtheit! Man meint, das alles selbst mit erlebt zu haben!*[1]

Nicht alle waren jedoch der Meinung, dass ein Kunstwerk um jeden Preis möglichst nahe an der Wirklichkeit stehen solle, auch auf Kosten des Schönen und Harmonischen:

> »*Es kann doch unmöglich die Aufgabe des Romans sein, uns widerwärtige, völlig poesielose Personen mit vollendeter Wahrheit vorzuführen. Was in der Welt soll uns veranlassen, auch noch von ihnen zu lesen, da wir doch schon genug darunter leiden, ihnen mitunter im Leben begegnen zu müssen?*[2]

Fontane hatte großes Interesse für die naturalistische Richtung; seine verständnisvolle und wohlwollende Theaterkritik von Hauptmanns Drama »Vor Sonnenaufgang« hat Literaturgeschichte gemacht.

Trotz allem kann man »Irrungen, Wirrungen« aber nicht als einen Roman des Naturalismus bezeichnen. Dazu fehlt die krasse, nicht selten schockierende Darstellung von Proletarierelend oder primitiven Leidenschaften; es fehlt der Mut zum Abstoßenden und Hässlichen. Fontane schildert keine Schicksale von sozial Geächteten.

1 Conrad Alberti, Theodor Fontane. Ein Festblatt zu seinem siebzigsten Geburtstag. In: Betz (s. unten S. 62); Zitat S. 115.

2 Theodor Hermann Pantenius: Theodor Fontane. In: Betz (s. unten S. 62); Zitat S. 119.

Die literarische Gattung

Novelle, Erzählung oder Roman?

»Irrungen, Wirrungen« ist im Laufe seiner Entstehungs- und Publikationsgeschichte mit verschiedenen Gattungsetiketten bedacht worden:

- Während Fontane an seinem Werk arbeitete, bezeichnete er es in Tagebuch und Briefen wiederholt als **Novelle**.
- Mit dem Erscheinen als Vorabdruck in der »Vossischen Zeitung« (Sommer 1887) erhielt »Irrungen, Wirrungen« den Untertitel **»Eine Berliner Alltagsgeschichte«**. Eine Buchkritik im folgenden Jahr sprach gar von einer »Berliner Dorfgeschichte«.
- Gegen die Bezeichnung **Roman** hatte Fontane anfangs noch gewisse Vorbehalte, sie war für ihn zu nichtssagend. Seit der ersten Buchausgabe (Anfang 1888) hat sich aber dieser Gattungsterminus für das Werk durchgesetzt.

Hintergrund

»Irrungen, Wirrungen« als Gesellschaftsroman

Wesentliche Energien gewinnt der Zeitroman aus der Darstellung sozialer Konfliktfelder. So auch in Fontanes »Irrungen, Wirrungen«, wo zwei unterschiedliche Gesellschaftssphären einander gegenübergestellt und gesellschaftliche Normvorstellungen zur Sprache gebracht werden.

Bereits 1875, also noch bevor er seinen ersten Roman veröffentlicht hatte, schrieb Fontane: *Der moderne Roman soll ein Zeitbild sein, ein Bild seiner Zeit.*[1] In seinen Büchern ist es Fontane immer wieder gelungen, die Figuren und ihr Milieu im Wesentlichen durch leichte Unterhaltungen und Plaudereien **(Causerien)** zu charakterisieren. Nicht selten sind bei ihm ganze Kapitel als dialogische Szenen konzipiert.

1 Theodor Fontane, [Rezension zu Gustav Freytags Roman] »Die Ahnen«. In: Th. F., Werke (s. oben S. 19); III/1, S. 312.

Der Aufgabe, wirklichkeitstreue soziale Panoramen ihrer Zeit zu liefern, widmeten sich einige der größten Schriftsteller in der europäischen Literatur des 19. Jh. Der Gesellschaftsroman entwickelte sich zur spezifischen Ausdrucksform der bürgerlichen Kultur:

- in **England** z. B. durch Charles Dickens (»Oliver Twist«, 1837/38; »David Copperfield«, 1849/50);
- in **Frankreich** z. B. durch Honoré de Balzac (Romanzyklus »Die menschliche Komödie«) und Gustave Flaubert (»Madame Bovary«, 1857);
- in **Russland** z. B. durch Fedor Dostojewski (»Schuld und Sühne« bzw. »Verbrechen und Strafe« in neuer Übersetzung, 1866) und Leo N. Tolstoi (»Anna Karenina«, 1875–77).

»Irrungen, Wirrungen« als psychologischer Roman

Kreist die erste Hälfte des Romans um die Frage, ob die gesellschaftliche Konvention das Verhältnis zwischen Lene und Botho zerstören kann, so stehen in der zweiten Hälfte neue Gesichtspunkte zur Debatte: Wie werden die beiden mit den neuen Verhältnissen fertig? Wie bewältigen sie den gegenseitigen Verlust?

Fontane zeichnet die Seelenzustände und Stimmungsschwankungen seiner Figuren immer sehr genau und glaubwürdig. Die Charaktere sind facettenreich angelegt, ihr Verhalten ist nicht immer voraussagbar. Ein Schriftsteller, der mit Fontane in dieser Hinsicht verglichen werden kann, ist sein um 43 Jahre jüngerer Zeitgenosse **Arthur Schnitzler**, der sich im letzten Jahrzehnt des 19. Jh. in seinen Erzählungen und Dramen zu einem profunden Kenner der menschlichen Seele entfaltet. Auch bei Schnitzler ist die Großstadt – nämlich seine Heimat Wien – häufig Schauplatz des Geschehens. Der von ihm immer wieder gestaltete Typus des »süßen Mädels« – einer jungen Frau einfacher Herkunft, die durch ihre Natürlichkeit und hingebungsvolle Art zu lieben besticht – entspricht recht genau Fontanes Konzeption der Lene-Figur.

Die Wirkungsgeschichte

Der Vorabdruck von »Irrungen, Wirrungen« in der »Vossischen Zeitung« (24. Juli–23. August 1887) wurde zum ersten großen **Skandal** in Fontanes Karriere als Romanschriftsteller. Die Redaktion sah sich mit der Frage konfrontiert: *Wird denn die grässliche Hurengeschichte nicht bald aufhören?*[1] Entrüstete Leser kündigten ihre Abonnements, und Fontane, als unsittlicher Autor gebrandmarkt, hatte Schwierigkeiten, für seinen nächsten Roman »Stine« einen Verleger zu finden.

Gegen welche Tabus hatte Fontane verstoßen? Was war es, das die zeitgenössischen Gemüter so erhitzte?

Das 12. Kapitel des Romans schließt mit einem dezenten Hinweis auf die beginnende Liebesnacht in »Hankels Ablage«. Fontane hat diese Szene mit höchster Delikatesse und Zurückhaltung gestaltet; wenn Lene zu Botho *mit einem Ausdruck höchsten Glückes* (S. 81) emporblickt, ist für ihn schon genug gesagt. Der Autor achtet gleichsam die Privatsphäre seiner Gestalten, indem er intime Details ausspart und das folgende Kapitel am Morgen danach beginnen lässt.

Dennoch barg diese Szene für die zeitgenössische Leserschaft einiges an Sprengstoff. Der Unterschied der Partner in der sozialen Rangordnung war mehr, als die enge gesellschaftliche Toleranz so mancher – in der Regel adeliger – Leser verkraften konnte.

Dazu kam noch eines: Immerhin wird vom Erzähler eine voreheliche sexuelle Beziehung angedeutet – und nicht verurteilt, wie es den sittlichen Konventionen der Zeit entsprochen hätte! Der Bereich dessen, was als »unanständig« empfunden wurde, war im 19. Jh. viel weiter gefasst als heutzutage; die Gefahr, moralisch für Anstoß zu sorgen, viel größer.

1 Zit. nach: Betz (Hrsg.), »Irrungen, Wirrungen«/Dokumente (s. unten S. 62); S. 86.

Wie eng die Toleranzgrenze damals gesteckt war, zeigt ein berühmter Fall, der sich dreißig Jahre vor Veröffentlichung des Fontane-Buchs ereignet hatte. 1857 war in Frankreich der Roman **»Madame Bovary«** von Gustave Flaubert erschienen, die Geschichte eines Ehebruchs im bürgerlichen Milieu. Als besonders Anstoß erregend wurde die Art und Weise empfunden, wie die Titelheldin ihren Mann betrügt: Zusammen mit ihrem Liebhaber fährt sie in einer Kutsche durch die Stadt; die Fenster sind verhängt, um den Passanten – und natürlich auch dem Leser! – den Einblick zu verwehren. Wie in »Irrungen, Wirrungen« wird hier ein verbotener Liebesakt geschildert: Man weiß zwar, was vorgeht, bekommt es aber nicht mitgeteilt. Trotzdem – oder gerade deshalb – provozierte Flauberts Roman einen Sturm der moralischen Entrüstung.

Was hätte Fontane nach Meinung der entrüsteten Leser tun sollen? Wahrscheinlich hätte sich *das sittliche Hallo*[1] zurückgehalten, wenn der Erzähler die freie Liebe zwischen Lene und Botho »bestraft« hätte – das heißt, wenn der Roman mit einer ungewollten Schwangerschaft oder gar mit Selbsttötung geendet hätte.[2] So blieb Fontane nur übrig, die Buchausgabe des Skandalwerks vorzubereiten – und zwar sehr behutsam. Er schickte Rezensionsexemplare nur an jene Kritiker, von denen er von vornherein Zustimmung erwarten konnte. Tatsächlich gab er mit diesem Schachzug der öffentlichen Diskussion eine positive Wendung; allerdings witterten auch wohlwollende Rezensenten hinter dem Buch gewisse sittliche Gefahren – vor allem für heranwachsende Mädchen.

1 Brief an Paul Schlenther (22. Juni 1888). In: Th. F., Werke (s. oben S. 19); IV/3, S. 618.

2 Vgl. Sollmann, »Irrungen, Wirrungen« (s. unten S. 62); S. 88

Interpretation

Textanalyse

»Irrungen, Wirrungen« scheint ein Buch zu sein, dessen Handlung einfach strukturiert und klar nachzuvollziehen ist. Trotzdem lohnt es sich, einige Aspekte des Texts genauer zu beleuchten, weil man dadurch neue Sichtweisen auf den Roman gewinnen kann.

1. Der Titel

Ursprünglich wollte Fontane das Buch anders nennen, nämlich »Irrt, wirrt«, doch er hat diesen Titel später verworfen. Geblieben ist in der neuen Fassung der Klangeffekt, der Reim, dessen Wirkung Fontane auch bei anderen seiner Werktitel geschätzt hat: Eines seiner Gedichte heißt etwa »Es kribbelt und wibbelt weiter«, und für die Kriminalgeschichte »Unterm Birnbaum« war zuerst der Titel »Fein Gespinnst, kein Gewinnst« geplant.

Von 17 Romanen Fontanes sind elf nach einer Person oder mehreren Personen benannt. »Irrungen, Wirrungen« ist eine der Ausnahmen. Warum hat Fontane ausgerechnet hier einen eher allgemein gehaltenen Titel gewählt (der später übrigens zu einem geflügelten Wort wurde)? Zwei Hauptgründe mögen dafür maßgeblich gewesen sein:

- Es ist problematisch, »Irrungen, Wirrungen« als Roman zu lesen, der sich um eine einzige Zentralfigur dreht. Sowohl das Schicksal Lenes als auch das Bothos ist Gegenstand des erzählerischen Hauptinteresses.
- Die Figuren sind in ihrem Handeln eingeschränkt. Es gibt keinen Helden im landläufigen Sinne, denn wozu sich Lene und Botho entscheiden, ist nicht Resultat freien Willens, sondern muss ins Muster gesellschaftlicher Vorgaben passen.

Das bedeutet: Bereits der Titel verweist auf zentrale Wesenszüge und Probleme des Romans.

Der Titel taucht auch im Buch selbst auf. Als Botho im 22. Kapitel seine Erinnerungen an Lene ins Feuer wirft, sagt er zu sich selbst: »*Viel Freud, viel Leid. Irrungen, Wirrungen. Das alte Lied.*« (S. 158). Man nimmt an, dass Fontane hier den Anklang an ein Goethe-Gedicht mitschwingen lässt – genauer: an das Lied, das Klärchen in der Tragödie »Egmont« (III,2) singt: »Freudvoll und leidvoll«. Die Personenkonfiguration würde passen, denn auch im Goethe-Drama liebt ein Mann von hoher Geburt – Graf Egmont – ein einfaches Mädchen aus dem Volke, dem die Liebe zu ihm alles bedeutet.

Die letzten Worte von Bothos kurzem Selbstgespräch haben übrigens dem Film den Titel gegeben, der 1945 nach »Irrungen, Wirrungen« gedreht wurde: »Das alte Lied« mit Winnie Markus.

2. Fontanes Methoden der Figurencharakterisierung

Fontane war berühmt für seine feine Menschenbeobachtung. Nicht dramatische Geschehnisse kennzeichnen seine Romane, sondern genau dargestellte, glaubwürdige Charaktere. Grund genug, dem Dichter einmal auf die Finger zu sehen und zu fragen, zu welchen schriftstellerischen Tricks er greift, damit seine erfundenen Figuren Menschen aus Fleisch und Blut werden.

Zunächst einmal: Fontane hat darauf verzichtet, Menschen zu idealisieren, sie als harmonisch und ausgewogen zu schildern. Über seine Frauengestalten schrieb er einmal, dass sie *alle einen Knax weghaben*[1] – das heißt, dass sie nur dann echt und lebensnah wirken, wenn sie ihre Ecken und Kanten haben. So sympathisch uns manche seiner

1 Brief an Colmar Grünhagen (10. Okt. 1895). In: Th. F., Werke (s. oben S. 19); IV/4, S. 487.

Romanfiguren erscheinen mögen, sie haben alle ihre **Fehler, Schwächen und negativen Seiten**.

Ein Trick, den Fontane gern anwendet, um seine Figuren lebendiger zu machen, ist der, dass er sie **aus dem Blickwinkel unterschiedlicher Romangestalten her charakterisiert**. Nehmen Sie als Beispiel etwa die Person Bothos: Zu seinen Wesenszügen gehören wohl eindeutig seine Schwäche und seine Nachgiebigkeit. Lene sieht diese Schwäche in erster Linie als Unfähigkeit Bothos, dem Druck der Verhältnisse, der Familie und der Gesellschaft standhalten zu können (vgl. S. 33). Sein Kamerad Wedell versteht diese Schwäche wiederum anders: Wenn er meint, Botho sei *schwach und bestimmbar und von einer seltenen Weichheit und Herzensgüte* (S. 52), dann geht es ihm hauptsächlich um die Empfänglichkeit des Barons für die Reize proletarischer Mädchen. In beiden Fällen wird aber Schwäche als unangemessene Reaktion auf das empfunden, was aus einer Gesellschaftsschicht stammt, die dem jeweiligen Sprecher fremd ist.

Beachtung verdient auch, wie Fontane seine **Figuren ins Romangeschehen einführt**.

» *Die Personen müssen gleich bei ihrem ersten Auftreten so gezeichnet sein, dass der Leser es weg hat, ob sie Haupt- oder Nebenpersonen sind. Auf das räumliche Maß der Schildrung kommt es dabei nicht an, sondern auf eine gewisse Intensität, die den Fingerzeig gibt.*[1]

Was bedeutet das konkret für »Irrungen, Wirrungen«? Sieht man sich als Beispiel das erste Kapitel etwas genauer an und überprüft, auf welche Art und Weise die Figuren des Romans eingeführt werden, so stellt man fest:

- Das Kapitel besteht etwa zur Hälfte aus einem Gespräch zwischen **Frau Dörr und Frau Nimptsch**. Erstere wird direkt charakteri-

1 Brief an Wilhelm Hertz (17. Juni 1866). In: Th. F., Werke (s. oben S. 19); IV/2, S. 162–163.

siert durch den Erzähler (S. 4), so wie im 2. Kapitel ihr Mann. Frau Nimptsch dagegen wird indirekt charakterisiert: Der Leser gewinnt aus ihrem Verhalten und aus ihrer Sprechweise einen ersten Eindruck.

- **Lene** ist das zentrale Thema im Gespräch der beiden. Doch vorerst hält sie der Autor zum Leser noch auf Distanz.
- Genau dasselbe macht Fontane mit **Botho**. Er ist zunächst noch weniger fassbar als Lene. Man weiß von ihm nicht einmal den Namen, bloß den Stand. Als die Liebenden am Ende des 1. Kapitels voneinander Abschied nehmen, wählt Fontane eine Art der Darstellung, wie sie vom Drama her geläufig ist: die **Teichoskopie** oder Mauerschau. Nicht der Erzähler berichtet über das Ereignis, nicht der Dialog der jungen Leute wird präsentiert, sondern eine Person – in diesem Fall Frau Dörr – kommentiert das, was sie sieht. Die Hauptfiguren bleiben also – auch im wörtlichen Sinne – auf Distanz. So wird auch Lenes Rückkehr ins Haus nur in einem einzigen Satz beschrieben – dem letzten des Kapitels. Erst im 3. Kapitel, als Lene die Geschichte ihrer ersten Begegnung mit ihm erzählt, erfährt man Genaueres zu seiner Person. Die erste direkte Begegnung zwischen Botho und dem Leser gibt es erst im 4. Kapitel (S. 20).

Fontane macht also auf seine Figuren neugierig, indem er sie gleichsam **auf Raten in die Handlung einführt**. Über die beiden Nebenfiguren kann man sich in diesem ersten Kapitel schon ein recht gutes Bild machen, über die Hauptfiguren verrät uns der Autor allerdings nicht allzu viel. Das ist für den langsamen Spannungsaufbau wichtig, auch später im Roman:

- **Käthe** bleibt sowohl für Lene als auch für den Leser vorerst auf Distanz. Lene sieht sie zuerst bloß aus der Ferne, und in ihrem Brief ist nur unbestimmt von einer *schöne[n] Blondine* (S. 37) die Rede.
- **Gideon Franke** wird im 17. Kapitel zuerst durch den Erzähler charakterisiert, in einem Gespräch zwischen Frau Nimptsch und

Frau Dörr bekommt der Leser noch einige Details mitgeteilt. Erst im 20. Kapitel tritt Gideon persönlich auf – und bei dieser Gelegenheit erfährt der Leser auch seinen Vornamen.

3. Leitbegriffe des Romans

3.1 Ordnung

Zu der Zeit, in der der Roman spielt und geschrieben wurde, herrschten fest gefügte Vorstellungen darüber, welchen Spielregeln ein gut funktionierender Staat zu folgen habe. Mit einigen dieser Spielregeln setzt sich Fontanes Roman kritisch auseinander:

- Eine lautet: Suche deinen Partner innerhalb deines eigenen Standes.
- Die andere wird von Botho so formuliert: »*[...] Ordnung ist Ehe.*« (S. 102). Die solide Familie ist somit Vorbedingung und Keimzelle für ein gedeihliches Zusammenleben im Staat.

»Irrungen, Wirrungen« zeigt nun, wie diese Spielregeln mit den Interessen des Einzelnen kollidieren, wie allgemeine Ordnung und persönliches Glück im Widerspruch zueinander stehen:

- Im **ersten Teil** des Romans verleben Botho und Lene Momente höchsten gemeinsamen Glücks. Allerdings stehen sie dabei außerhalb der gesellschaftlichen Norm.
- Im **zweiten Teil** gehorchen die beiden den öffentlichen Wertvorstellungen. Beide finden zwar ihre Partner innerhalb ihres Standes, die Erfüllung ihres Lebens finden sie allerdings mit ihnen nicht.

Sieht man »Irrungen, Wirrungen« in erster Linie als Roman, dem es um die Bestätigung der herrschenden Zustände geht, so ist diese Entwicklung positiv: Die Ordnung hat nicht Schaden genommen. Zugleich feiert auch der Verstand einen Sieg über das Gefühl:

- Für **Botho** entwickeln sich die Dinge zu seinem Vorteil, denn die Heirat mit seiner wohlhabenden Kusine ermöglicht es ihm, seine katastrophalen Finanzen zu sanieren.

- Auch für **Lene** ist ihre Verbindung mit Gideon eine »vernünftige« Lösung, denn mit dem Tod ihrer Pflegemutter hat sie ihre wichtigste Bezugsperson verloren. Ihr Gatte kann ihr neuen Halt geben, auch was die soziale Sicherheit betrifft.

Die Lösung, die das Buch bietet, zeigt also Ordnung auf allen Ebenen, im Großen wie im Kleinen: Zum einen halten sich Lene und Botho letzten Endes an die gesellschaftlichen Spielregeln, zum anderen ordnen sie durch ihre Verbindungen auch ihre privaten und finanziellen Verhältnisse.

3.2 Glück

Verlässt man sich darauf, das Buch vom Standpunkt der »Ordnung« her zu deuten, so scheint sich das Geschehen positiv zu entwickeln: Die Figuren finden in geregelte, »ordentliche« Verhältnisse. Was geschieht aber, wenn man nicht mit diesem großen Maßstab misst, sondern mit einem kleineren? Wenn man sich nicht darum sorgt, ob eine abstrakte Ordnung Schaden nimmt, sondern die konkreten Figuren? Mit einem Wort: Sieht alles noch so harmonisch aus, wenn man sich fragt, ob alle Beteiligten ihr **individuelles Glück** finden?

Auf diese Fragen hat 1959 der Germanist Gerhard Friedrich eine Antwort zu finden versucht.[1] Dabei ging es ihm auch um das Problem, ob Lene an der Seite Bothos glücklich geworden wäre. Er beruft sich dabei auf das Gespräch zwischen Botho und Rexin im 23. Kapitel. Botho bezweifelt, dass sein Kamerad in einer unstandesgemäßen wilden Ehe sein Glück finden könne. Es erscheint ihm fragwürdig, ob die Kraft des Herzens die gesellschaftliche Ächtung, die mit einer Mesalliance einhergehen kann, auszugleichen imstande sei.

1 Vgl. Gerhard Friedrich, Die Frage nach dem Glück in Fontanes »Irrungen, Wirrungen«. In: Der Deutschunterricht 11/4 (1959); S. 76–78. Auszugsweise abgedruckt in: Betz (Hrsg.), »Irrungen, Wirrungen«/Dokumente (s. unten S. 62); S. 123–125.

Bothos Meinung ist natürlich auch auf sein eigenes Schicksal zu projizieren. An einer Stelle des Romans heißt es, *[...] es gibt viele Wege, die zu Glück führen* (S. 147). Das Leben spricht hingegen eine andere Sprache: Die Verhältnisse scheinen es unmöglich zu machen, dass jemand sein individuelles Glück findet. Weder in der Entscheidung für Anpassung noch in der für Auflehnung liegt die Chance zu einer ungetrübten Existenz.

Figuren, die ihr Glück suchen, trifft man immer wieder in den Romanen Theodor Fontanes. Man trifft sie aber auch in der zeitgenössischen Trivialliteratur, in den Liebes- und Unterhaltungsromanen, die auf einen seichten Publikumsgeschmack zugeschnitten sind. Unübersehbar ist, dass Fontane in »Irrungen, Wirrungen« eine Reihe **gängiger Trivialmotive** hat einfließen lassen, angefangen bei der Beziehung zwischen einem armen Mädchen – noch dazu von unbekannter Herkunft – und einem Mann von Stand. Anders aber als in den Kitschromanen liefert er keine billigen Scheinlösungen; seine Figuren bewegen sich in keiner heilen Welt, in der jeder, der es verdient, sein Glück auch findet.

Allerdings dient das Glück, das in den literarischen Trivialprodukten vorgegaukelt wird, auch als **Projektionsfläche für die eigenen Wunschvorstellungen**. Gleich zu Beginn des Romans spürt Frau Dörr instinktiv, dass das Verhältnis zum Baron Lene noch großen Kummer bereiten wird. Doch die Lösung hat Frau Dörr schon parat: Was geschähe, wenn Lene in Wahrheit *eine Prinzessin oder so was* (S. 6) wäre? Hätte Fontane einen Kitschroman im Sinn gehabt, wäre das ein probates Mittel gewesen, um die Wirrungen aufzulösen und die Figuren so ein ebenso standesgemäßes wie unglaubwürdiges Glück finden zu lassen. In der Wirklichkeit kann man mit solchen Fügungen des Schicksals allerdings kaum rechnen – da geschehen solche Aschenputtel-Geschichten ziemlich selten.

»Aschenputtel« – ein anderes Stichwort, mit der die Illusion vom großen Glück in »Irrungen, Wirrungen« sprachlich gefasst wird. Als

Botho in der Gärtnerei zu Gast ist, sind alle neugierig, was er mitgebracht haben könnte. Herr Dörr meint, vielleicht sei es *ein goldener Pantoffel [...] oder sonst was aus dem Märchen* (S. 22). Das Zitat aus der Welt des Märchens offenbart, was der Sprecher unbewusst im Kopf hat – dass die Verhältnisse, in denen Lene lebt, mit denen der Aschenputtel-Geschichte einige Ähnlichkeiten aufzuweisen haben:

- Beide erledigen einfache Arbeiten.
- Beide leben nicht bei ihrer leiblichen Mutter, wobei bei Fontane das Motiv der »bösen Stiefmutter« fehlt. Der Kontrast zwischen Unglück im unerträglichen Zuhause und Glück in der glanzvollen Außenwelt entfällt in »Irrungen, Wirrungen« also.
- Dem »Märchenprinzen« entspricht ein gut situierter Verehrer aus einem fremden sozialen Umfeld.

Das Leben, so wie es Fontane zeigt, folgt dem weiteren Verlauf des Märchens allerdings nicht – anders als die trivialen Liebesromane jener Zeit, etwa jene der Bestsellerautorin E. Marlitt, die ihre Erfolgsromane häufig nach dem gefälligen Aschenputtel-Schema ausrichtete und sie in sozialer Harmonie und ungetrübtem Glück enden ließ. »Irrungen, Wirrungen« bleibt auf dem Boden der Realität, indem Fontane sich dieser Lösungsmöglichkeit verweigert. Seine Welt ist anders, ist ehrlich.

3.3 Mut

Im 2. Kapitel gibt es eine hübsche Episode, die vordergründig wie ein beiläufig hingestreutes humoristisches Detail aussieht: Der Nachbarshund ist in den Dörr'schen Hühnerhof eingedrungen, der Hahn – ein besonders schönes Exemplar mit *Silbergefieder* (S. 10) – flieht vor dem Kläffer auf einen Baum. Nachdem sich die Gefahr verflüchtigt hat, präsentiert er sich stolz, die Niederlage in einen Triumph verwandelnd. Herr Dörr kommentiert: *»Jott, so'n Hahn. Denkt nu auch wunder was er is. Un seine Courage is doch auch man soso.«* (S. 11).

Ein Berliner Hinterhofidyll – gewiss. Aber: Wer den weiteren Gang der Handlung kennt, weiß, dass diese Episode nicht so belanglos ist, wie sie zunächst aussieht. Und wer Fontanes Art des Erzählens kennt, der weiß auch, dass sich bei ihm so manches als bedeutungsschwer enthüllt, was auf den ersten Blick nebensächlich erscheint. So auch hier: In einer kleinen Alltagskatastrophe taucht das auf, was den eigentlichen Kern des Romans ausmacht, nämlich die **Kapitulation vor den Verhältnissen**.

Der schneidige Gockel erachtet es für klüger, dem Eindringling zu weichen. Der schneidige Offizier Botho erachtet es für klüger, dem Druck der Gesellschaft nachzugeben. Bei beiden steht Sein und Schein miteinander im Widerspruch. Beide sind zu feige und verzichten darauf, auf Konfliktkurs zu gehen. Eine Überinterpretation? Wohl kaum, denn im 5. Kapitel spricht Lene ausdrücklich davon, dass Botho einmal von ihr *wegfliegen* (S. 33) wird. Die Wortwahl ist dabei kein Zufall, sondern zeigt, wie einzelne Szenen und Details über Kapitel hinweg miteinander verknüpft sind.

» *Alle schönen Männer sind schwach und der Stärkre beherrscht sie ... Und der Stärkre ... ja, wer ist dieser Stärkre? Nun entweder ist's deine Mutter, oder das Gerede der Menschen, oder die Verhältnisse. Oder vielleicht alles drei ...* (S. 33)

Das sagt Lene in derselben Szene. So diagnostiziert sie dabei ganz richtig einen wesentlichen Zug im Charakter Bothos, nämlich seinen fehlenden Mut, seine Entschlusslosigkeit. Deutlich zeigt sich das in seinem Verhalten, als sich eine Wende in seiner Beziehung zu Lene abzeichnet (14. Kapitel):

- Lene spricht über die traurige Gewissheit, dass ihre gemeinsame Liebe nur einen Sommer dauern werde. Botho weiß darauf keine klaren Antworten zu geben, sondern stammelt nur Unverbindliches. Er ergeht sich weder in Beteuerungen oder in Versprechungen noch zieht er einen Schlussstrich.
- Am nächsten Morgen versucht er bei sich daheim, ein lästiges

Insekt zu verscheuchen – vergeblich. Er tröstet sich: »*Also Resignation. Ergebung ist überhaupt das Beste.*« (S. 96). Selbst bei einer solchen Belanglosigkeit ergibt sich Botho also dem Schicksal! Überflüssig zu erwähnen, wie sehr sein Kommentar in dieser Situation auch auf sein Verhältnis zu Lene zutrifft.

- Er öffnet den Brief seiner Mutter, die die Charakterschwäche ihres Sohnes sehr wohl kennt: *Handle, wie Dir eigene Klugheit es eingibt, entscheide Dich so oder so, nur handle überhaupt* (S. 98).
- Auch in den Ausritt, der das 14. Kapitel abschließt, hat Fontane wieder kleine Handlungsdetails eingebaut, die das Bild von Bothos Entscheidungsschwäche und Mutlosigkeit abrunden: Ein Hase – seit jeher Symbol der Feigheit – hoppelt vor Ross und Reiter erschrocken davon. Das Pferd selbst, auf dem Botho sitzt, wird von ihm nicht gelenkt.

Als Botho schließlich die Rechtfertigung für sein Tun findet, wählt er damit den **Weg des geringsten Widerstandes**. Das Herkommen ist es, das unser Handeln bestimmt, sagt er. *Wer ihm gehorcht, kann zugrunde gehn, aber er geht besser zugrunde als der, der ihm widerspricht* (S. 102). Indem sich Botho aber auf die Verhältnisse ausredet, bleibt er letzten Endes wiederum passiv.

4. Die Mesalliance als Kernthema

Zentrales Thema von »Irrungen, Wirrungen« ist die Verbindung, die keine Rücksicht auf Standesgrenzen nimmt: die **Mesalliance**. Der Adelige Botho von Rienäcker liebt ein Mädchen, das »unter seinem Stand« ist.

Welcher **Gesellschaftsschicht** Lene genau zuzurechnen sei, darüber herrscht in der Literaturwissenschaft Uneinigkeit. Ist sie Kleinbürgerin? Oder ist sie Proletarierin (wie es die marxistischen Forscher gerne sahen, allen voran der berühmte Literaturwissenschaftler Georg Lukács in seinem Buch »Der alte Fontane« von 1951)? Oder lässt sie sich überhaupt keiner Klasse zuordnen? Diese Meinung vertrat 1975 der Germanist Walter Müller-Seidel: Die Gesellschaft, wie sie Fontane zeichnet, sei im Grunde seine eigene Erfindung; nicht der Gegensatz der Gesellschaftsklassen sei maßgeblich, sondern der Gegensatz zwischen den gesellschaftlichen Zwängen und den persönlichen Herzenstrieben.

Dieser Gegensatz wird nicht nur im Verhältnis zwischen Lene und Botho zur Sprache gebracht, sondern **spiegelt sich auch in anderen Schicksalen**, die – typisch Fontane – zuweilen in scheinbar beiläufigen Details am Rande versteckt werden:

- Auch **Frau Dörr** war früher die Geliebte eines vornehmen Herrn (vgl. 2. Kapitel). Herr Dörr hat daran nichts Anstößiges gefunden und sie dennoch geheiratet.
- Das Verhältnis zwischen den beiden Hauptfiguren ist ganz anders als jenes zwischen **Bothos Kameraden und deren unstandesgemäßer Damenbegleitung** (13. Kapitel). Nicht wahre Gefühle sind bei ihnen maßgeblich, sondern Sinnlichkeit, Lust an Unterhaltung, Denken an Materielles. Dass die Beziehungen nur oberflächlich sind, zeigen einmal mehr die Dialoge: Während Botho an Lene die Möglichkeit zur ernsten Aussprache schätzt, ergehen sich die Offiziersliebchen bloß in plattem Geschwätz.
- Die **Annonce**, die Botho in der »Kreuzzeitung« liest (S. 161) und die eine Vermählung zwischen einem Adeligen und einer Nichtadeligen ankündigt, beweist, dass es ihm mit etwas Entschlusskraft möglich gewesen wäre, die Konventionen zu brechen.
- Bogislav von Rexin, mit der schwarzen Henriette liiert, ist **Bothos Spiegelfigur**: Auch er ist ein Mann von Stand, der ein Mädchen aus dem Volk liebt; Botho und Bogislav haben sogar dieselben Initialen. Als Botho von seinem Kameraden um Rat gefragt wird, wie er die heikle Situation bewältigen solle, rät er ihm von einer Ehe ohne Trauschein ab. Nicht, dass es unmoralisch wäre; nicht, weil es die gesellschaftliche Konvention auf den Kopf stellen würde – vielmehr deshalb, weil ein solcher Entschluss das persön-

liche Lebensglück gefährden würde. Diese Begründung lässt allerdings Bothos Entscheidung, sich von Lene zu trennen, in einem etwas schiefen Licht erscheinen. War der Druck der Gesellschaft tatsächlich der maßgebliche Grund? Oder gehorchte Botho vielmehr einem egoistischen Antrieb, indem er eine bequeme Geldheirat vorzog, um sich allerlei Probleme zu ersparen?

4.1 Die Rolle der Standesunterschiede

Bothos Entschluss wird noch fragwürdiger, je genauer man sich überlegt, was denn die Stände eigentlich trennt.[1] Sagt nicht Rexin an einer Stelle: *Alle diese Unterschiede sind ja gekünstelt [. . .]* (S. 165)?

Ist es die **Sprache**? Sowohl die oberen als auch die unteren Stände flüchten sich in sprachliche Klischees, pflegen oberflächliche Dialoge. Lene ist die einzige Figur des Romans, die gegen diese Phrasenhaftigkeit gefeit ist, die eine Art Sprachbewusstsein an den Tag legt.

Entscheidend sind auch nicht die Unterschiede in der **Bildung** oder in den **alltäglichen Gewohnheiten** – immerhin werden die Ausflugsorte an der Spree von den Angehörigen aller Stände aufgesucht. Entscheidend ist vielmehr die Macht des **Geldes** – jene Kluft, die die Stände am deutlichsten voneinander trennt. Der Entschluss Bothos, mit Lene zu brechen, folgt daher in erster Linie materiellen Überlegungen: Bothos Finanzen müssen dadurch wieder in Ordnung gebracht werden. Eine Verbindung über die Standesgrenzen hinweg wäre zwar nicht unproblematisch, aber durchaus möglich (vgl. die Heiratsannonce auf S. 161). Botho und Käthe sind daher in gleichem Maße die Opfer einer von ihren Verwandten arrangierten Vernunftheirat.

1 Vgl. dazu Hettche, »Irrungen, Wirrungen« (s. unten S. 62); S. 135ff.

4.2 Ist der Schluss ein Happy End?

[. . .] es gibt viele Wege, die zu Glück führen, sagt Gideon an einer Stelle des Romans (S. 147). Haben Botho und Lene den richtigen Weg eingeschlagen? Oder hätten sie miteinander das große Glück gefunden?

Gerade das scheint fraglich zu sein. In seinem Gespräch mit Rexin bezweifelt Botho, dass sein Kamerad in einer unstandesgemäßen wilden Ehe glücklich werden könne. Zu stark sei die gesellschaftliche Ächtung, als dass sie durch die Kraft des Herzens ausgeglichen werden könne.

Ist der Schluss des Romans daher ein Happy End? Zumindest vom Standpunkt der Statistik her muss die Antwort lauten: ja. Der Fontane-Spezialist Christian Grawe hat ausgerechnet, dass von den 17 Romanen Fontanes sieben mit Selbsttötung enden, in vier Romanen sterben junge Menschen frühzeitig, und in vier weiteren geschieht ein Mord.[1] Trotz aller Ironie und Heiterkeit, trotz der Leichtigkeit der Gespräche sind Fontanes Romane im Grunde genommen tragisch.

Auch »Irrungen, Wirrungen« trägt **diesen Keim des Tragischen** in sich. Ein Blick in die Weltliteratur bestätigt das. Wie viele Paare gibt es, die – aus welchen Gründen auch immer – nicht zusammenkommen können und ihren Ausweg in Selbsttötung oder gemeinsamen Freitod suchen?

In »Irrungen, Wirrungen« wird diese Lösung kurz angedeutet, als Lene zusammen mit Botho den nächtlichen Sternenhimmel betrachtet und von ihrer Sehnsucht spricht, den irdischen Problemen fern zu sein (s. S. 104). Im selben Atemzug beruhigt sie aber ihren hellhörig gewordenen Geliebten, der ihre melancholische Stimmung als Bereitschaft zum Freitod missverstanden hat.

1 Vgl. Christan Grawe, Theodor Fontane. In: Deutsche Dichter. Leben und Werk deutschsprachiger Autoren. Hg. v. Gunter E. Grimm u. Frank Rainer Max. 8 Bde. Bd. 6: Realismus, Naturalismus und Jugendstil. Stuttgart: 1989. S. 126–151; S. 141.

Der Roman löst das Motiv des »unmöglichen Liebesverhältnisses« also nicht nach tragischem Muster auf. **Nicht Aufbegehren, sondern Anpassung** bestimmt das Verhalten der Figuren. Das Buch mündet nicht im Untergang, sondern die beiden Liebenden finden sich am Ende in zwei neuen Beziehungen wieder – zwei Beziehungen, die weniger leidenschaftlich, weniger tief empfunden sind, aber geordnete Verhältnisse repräsentieren.

Aber reicht das alles für ein Happy End wirklich aus? Immerhin sind beide Hauptfiguren auf der Suche nach dem großen Glück gescheitert:

- **Botho** muss erkennen, dass die scheinbar »ideale Partie« Käthe trotz ihrer Anmut, ihres Frohsinns und ihres Reichtums für ihn nicht die geeignete Frau ist. Dass er sich ihrer Schwatzhaftigkeit schämt, bleibt selbst seinen Kameraden nicht verborgen (s. S. 131f.).
- **Lene** heiratet einen weitaus älteren Mann – ein auch in anderen Fontane-Werken auftauchendes Motiv: »Graf Petöfi«, »Cécile«, »Effi Briest«.

Die Literaturwissenschaft ist sich uneins. Während die einen Forscher von einem resignativen, aber dennoch versöhnlichen Schluss sprechen, sehen die anderen darin tragische Momente. Lene und Botho ziehen sich beide in ein belangloses Leben zurück; der Germanist Walther Killy spricht gar vom *Untergang durch die alltägliche Nichtigkeit.*[1] Die Diskussion zeigt: Bei »Irrungen, Wirrungen« handelt es sich um einen Roman, dessen Handlung zwar recht einfach nachvollziehbar ist, deren eindeutige Festlegung jedoch einige Schwierigkeiten bereitet.

Aber gerade der Umstand, auf gegensätzliche Art lesbar zu sein, ist das, was den Reiz großer Literatur ausmacht.

1 Walther Killy, Wirklichkeit und Kunstcharakter. Neun Romane des 19. Jahrhunderts. München: Beck 1963; S. 206. Vgl. auch S. 201: *Auf die zarteste Weise wird erkennbar, dass sich auch in »Irrungen, Wirrungen« eine Tragödie abspielt.*

Viel Beachtung haben auch Bothos Worte gefunden, die den Roman abschließen: »*[...] Gideon ist besser als Botho*« (S. 182). Nach dieser kurzen, ironisch zugespitzten Aussage blendet sich die Erzählung aus, ohne die mögliche Reaktion Käthes abzuwarten. Der Satz muss für sie eine andere Bedeutung haben als für den Leser, da sie ihn im Kontext des vorher Gesagten versteht; das heißt, dass der Name »Botho« noch komischer klingt als »Gideon«. Der Leser allerdings ist in den tatsächlichen Hintersinn eingeweiht. Denn hinter dieser kurzen Bemerkung Bothos versteckt sich eine bittere Selbsterkenntnis, die versöhnlich und harmonisierend wirkt.

Für die Literaturwissenschaftlerin Charlotte Jolles ist dieser Schluss der beste aller Fontane-Romane überhaupt; immerhin werde durch ihn *ein Gleichgewicht hergestellt zwischen Anerkennung einer Ordnung und Kritik an der Gesellschaft, zwischen menschlicher Schwäche und menschlicher Existenz.*[1]

1 Charlotte Jolles, »Gideon ist besser als Botho«. Zur Struktur des Erzählschlusses bei Fontane. In: Festschrift für Werner Neusse. Hg. v. Herbert Lederer u. Joachim Seyppel. Berlin: Die Diagonale 1967. S. 76–93; S. 82.

Aufgaben mit Lösungstipps

Die folgenden Seiten erörtern einige weitere Aspekte des Romans; die Gliederung und die zum Teil stichwortartige Präsentation sollen es Ihnen dabei leichter machen, die Informationen für Ihre eigenen schriftlichen Arbeiten zu verwerten.

? Aufgabe 1

Erstellen Sie eine **vergleichende Charakterisierung von Lene und Käthe**.

! Lösungstipp

Charakterisierung Lenes:
Botho nennt sie einmal *eine selten gute Frau* (S. 145), Worte, die von Gideon gleich darauf wiederholt werden. Lene besitzt ein heiteres, ausgelassenes Wesen, kann aber auch ernst und nachdenklich sein – Eigenschaften, die Botho an Käthe vermisst. Weitere Eigenschaften Lenes: Selbstbewusstsein, Natürlichkeit, Aufrichtigkeit, Pflichtbewusstsein – all das sucht Botho unter seinesgleichen vergeblich. Auch die Eigenschaften der schwarzen Henriette (vgl. 23. Kapitel) gehen mit denen Lenes konform – *ihre Natürlichkeit, Schlichtheit und wirkliche Liebe wiegen mir zehn Komtessen auf* (S. 166).

Belegstellen: z. B. S. 6, S. 32, S. 38, S. 69, S. 144f., S. 157ff.

Charakterisierung Käthes:
Über ihr kindlich-unbeschwertes Gemüt ist sie sich selbst im Klaren (vgl. S. 169). Botho selbst vergleicht seine oberflächliche, redselige Gattin oft mit Lene.

Belegstellen: z. B. S. 46, S. 98, S. 108f., S. 116f.

Gemeinsamkeiten:

Beide Frauen sind auf ihre Art Opfer einer Vernunftehe: Die eine muss auf ihren Geliebten verzichten, die andere muss eine Verbindung eingehen, für die nicht Liebe maßgeblich ist, sondern die Sanierung von Bothos Finanzen.

Vergleichbare Situationen als Beispiele:

- Im **4. Kapitel** unterhält Botho seine Lene und deren Anhang dadurch, dass eine vornehme Gesellschaftsszene nachgespielt wird; Lene übernimmt dabei die Rolle einer Komtesse, der Botho von den Kunstschätzen Dresdens vorschwärmt.
- Als Botho mit seiner ihm frisch angetrauten Käthe im **15. Kapitel** die Hochzeitsreise nach Dresden unternimmt, zeigt diese sich von den großen Meisterwerken unbeeindruckt; ihr Herz hängt eher am Belanglosen und Skurrilen.
- Im **6. Kapitel** erhält Botho Post von Lene: *[...] der Brief ist wie Lene selber, gut, treu, zuverlässig* (S. 38).
- Im **20. Kapitel** bekommt er Post von Käthe; der Brief ist in flottem Plauderton gehalten: *Aber es fehlt etwas. Es ist alles so angeflogen, so bloßes Gesellschaftsecho* (S. 140).

? Aufgabe 2

Analysieren Sie den **Charakter Bothos**.

! Lösungstipp

Zu Bothos hervorstechendsten **Charaktereigenschaften** zählen:

- seine **Passivität und Lenkbarkeit**;
- seine **Unauffälligkeit**. Vgl. dazu seine Selbstcharakteristik (S. 99 ff.): *Durchschnittsmensch aus der so genannten Obersphäre der Gesellschaft* (S. 99);
- sein **Hang zum Unverfälschten und Natürlichen**, seine *Vorliebe für das Volkstümliche* (S. 153). In der Welt der Salons und vorneh-

men Gesellschaften fühlt er sich nicht sehr wohl; eher schon im Umkreis Lenes, deren Lebensverhältnisse er zum Idyll verklärt;
- seine **innere Widersprüchlichkeit**, etwa was sein Verhältnis zu *Sentimentalitäten* betrifft: Einerseits verabscheut er sie, auf der anderen Seite gewinnen sie allzu leicht die Oberhand über ihn (vgl. den Brief seiner Mutter; S. 97).

Trotz all seiner Schwächen ist Botho **keine unsympathische Figur**:
- Er hebt sich positiv von seinen adeligen Standesgenossen ab: Er ist unverkrampft im Umgang mit einfachen Leuten, offener, weniger oberflächlich;
- Lene sieht in Botho *den besten, den liebsten Mann* (S. 81);
- während seiner Ehe mit Käthe beginnt sein Charakter merklich zu reifen.

? Aufgabe 3

Welche Rolle spielt **Arbeit** in »Irrungen, Wirrungen«?

! Lösungstipp

Fontane folgt den Darstellungsprinzipien des Realismus, nicht denen des Naturalismus. Um Arbeit schwebt der Hauch des Glücks und der Zufriedenheit:
- Im 3. Kapitel wird Lene plaudernd beim Bügeln gezeigt.
- *Mit einer herzlichen Arbeitslust* (S. 83) scheuert bei »Hankels Ablage« eine Magd ihr Küchengeschirr.
- Im 14. Kapitel beobachtet Botho Fabrikarbeiter in ihrer Mittagspause: ein Bild ungetrübter, natürlicher Harmonie.

Arbeit ist in »Irrungen, Wirrungen« in erster Linie Sache der unteren Stände; Botho und seinen Standesgenossen begegnet man dagegen im Klub, im Restaurant, auf geselligen Ausflügen und Ausritten, auf dem Korso, im vornehmen Kurort u.dgl.

? Aufgabe 4

Welche Rolle spielen **Bildungsunterschiede** im Verhältnis zwischen Lene und Botho?

! Lösungstipp

Beantworten Sie diese Frage durch die Behandlung zweier Aspekte:

a) **Rechtschreibung**
Im **6. Kapitel** schickt Lene Botho einen Brief, dessen Rechtschreibfehler der Baron aus Vergnügen anzeichnet. Zwar räumt er ein, dass auch junge Damen von Stand die orthografische Sicherheit vermissen lassen, doch dokumentiert die Szene

- das **Überlegenheitsgefühl** des Adeligen;
- eine gewisse **Oberflächlichkeit**, die seine Aufmerksamkeit mehr auf die Form des Liebesbriefes lenkt als auf dessen Inhalt (vgl. S. 38).

Fontane beklagte sich übrigens, dass ein übereifriger Setzer in diesem Brief all das richtiggestellt habe, was der Autor bewusst falsch geschrieben hatte. Die eigenmächtige Korrektur machte die weiteren Passagen natürlich unverständlich.

Vergleichen Sie in diesem Zusammenhang auch die Szene im **22. Kapitel**, als – dem mittlerweile verheirateten – Botho die alten Briefe wieder in die Hände fallen und er von deren ungelenkem Charme eigentümlich berührt ist: *Alles was sie sagte, hatte Charakter und Tiefe des Gemüts. Arme Bildung, wie weit bleibst du dahinter zurück* (S. 159).

b) **Die Bilder in »Hankels Ablage«**
Im **12. Kapitel** besieht sich Lene die Stiche im Schlafzimmer von »Hankels Ablage«: Szenen aus der amerikanischen und englischen Geschichte mit fremdsprachigen Titeln, die die junge Frau nicht so

recht verstehen kann und die ihr den Abstand zu Bothos Kreisen bewusst machen (S. 79). Es fehlt ihr an den nötigen Kenntnissen, damit auch an Erziehung und Weltgewandtheit.

Dabei handelt es sich um eine Situation, wie sie Fontane recht häufig beschreibt: Eine bestimmte Wahrnehmung bewirkt, dass die Stimmung einer Figur von einem Moment zum andern umschlägt.

Lesetipps

Zum Autor

Nürnberger, Helmuth: Fontane. Aus der Reihe »rowohlts monographien«, Reinbek [21]1995 • Informative und gut bebilderte Fontane-Biografie vom anerkannten Fontane-Spezialisten

Drude, Otto: Theodor Fontane. Leben und Werk in Texten und Bildern. Frankfurt/M. u. Leipzig (Insel) 1994

Ohff, Heinz: Theodor Fontane. Leben und Werk. München (Piper) 1995 • Eine Biografie auf neuestem Stand

Jolles, Charlotte: Theodor Fontane. Stuttgart und Weimar (Metzler) 1993 • Mit einer Fülle von Literaturangaben

Zum Werk

Sollmann, Kurt: Irrungen, Wirrungen. Aus der Reihe »Grundlagen und Gedanken zum Verständnis erzählender Literatur«, Frankfurt/M. (Diesterweg) [2]1997 • Zur Vertiefung des Textverständnisses zu empfehlen

Hettche, Walter: Irrungen, Wirrungen. In: Grawe, Christian (Hrsg.): Fontanes Novellen und Romane. Aus der Reihe »Interpretationen«, Stuttgart (Reclam) 1991, S. 136–156

Grawe, Christian: Führer durch Fontanes Romane. Ein Lexikon der Personen, Schauplätze und Kunstwerke. Stuttgart (Reclam) 1996

Betz, Frederick (Hrsg.): Irrungen, Wirrungen. Erläuterungen und Dokumente. Stuttgart (Reclam) 1979 u. 1995

Zum Anhören

Gert Westphal liest den Roman auf 5 CDs (Deutsche Grammophon)

Stichwortverzeichnis